나는 어머니와 산다

나는
어머니와
산다

한기호 지음

어른의시간

침묵의 스승, 내 어머니

2009년 3월 28일 어머니는 내게 오셨다. 차가 있는 동생이 평택에 계시던 어머니를 모시고 왔고 나는 다리가 불편하신 어머니를 위해 안방에 미리 침대를 준비했다. 내가 한 준비란 고작 그것뿐이었다. 지금 생각하면 어머니를 모시는 것을 나는 너무 단순하게 생각했다.

처음에 동생들은 내가 어머니를 모시는 것을 반대했다. 혼자된 형이 어떻게 어머니를 모실 수 있느냐는 것이었다. 나는 걱정말라고 했다. 일주일 뒤 도우미 아주머니가 오기로 하셨기 때문에 한 사람이 일주일만 도와주면 된다고 했다. 그래서 둘째 동생이 그렇게 해 주었다. 일주일 뒤 연변 출신의 도우미 아주머니가 오셨다. 알고 지내던 연변 출신의 30대 여성 사업가에게 소개받은 분이었다. 환갑이 넘었지만 지적인 품위가 있으셨다. 아무런 준비 없었을 때 이분을 만나게 된 것이 얼마나 행운이었는지는 나중에 알게 됐다.

　아버지는 2008년 12월 5일(음력 11월 8일)에 돌아가셨다. 아버지는 6·25 직후 해병대에서 5년 동안 군대 생활을 하면서 많이 맞았다고 하셨다. 그래서 다리가 좋지 않으셨다. 한쪽 다리에 쇠를 박은 게 통증이 심해서 관절염 약을 장기 복용하셨다. 그게 장기를 상하게 했고 결국 대장염으로 발전했다. 쉽게 말해 똥집이 터진 것이다. 아버지는 직접 119를 불러 병원에 실려 가셨다.

　요즘 세상에 대장염은 대단한 병이 아니다. 아버지는 똥집을 밖에 달고 있었지만 그해 추석은 온가족이 집에서 즐겁게 지낼 수 있었다. 아버지 혈색도 좋았다. 11월 초 아버지는 똥집을 몸속에 넣고 봉합하는 수술을 하기 위해 병원에 입원하셨다. 수술은 잘 되었다고 했지만 퇴원하시는 날 다시 쓰러져서 급하게 다른 병원에 모셨다. 그러나 그게 마지막이었다. 아버지는 배설이 되지 않아 온몸이 퉁퉁 부은 채로 12월 5일 오후 11시 30분에 운명하셨다.

　아버지는 병이 병을 만든 경우였다. 관절염 약이 장기에 좋지 않다는 것을 미리 알았다면 다른 방법을 강구해야 했다. 하지만 한국의 병원이 어디 그런가. 내게 오셨을 때 어머니도 한 움큼이나 되는 약을 드시고 계셨다. 머리가 윙윙 울려 도통 잠을 주무시지 못해서 신경정신과에 모시고 가니 약을 조제해 주고, 퇴행성 관절염으로 다리가 아프니 또 약이 따라오고, 설사를 자주 하니 내과에서 또 약을 지어 주었다. 그렇게 약이 쌓인 것이다. 미리 이야기하지만 도우미 아주머니가 그걸 모두 해결해 주어 나중에는 혈압 약 세 알만 드시게 했다. 나는 그게 얼마나 고마웠는지 모른다.

아버지가 갑자기 돌아가시자 동생들은 어머니는 잘 모셔야 한다고 아우성이었다. 어머니는 퇴행성 관절염 수술을 하기 위해 병원에 입원했는데 45일 입원해 있는 동안 체력이 달려 왼쪽 다리 수술에 그치고 말았다. 체력을 키워 오른쪽 다리도 수술하기로 하고 퇴원을 했는데 병원에 있는 동안은 제수가 고생을 많이 했다.

그런데 퇴원 후 어머니는 몸의 감각을 완전히 잃어버리셨다. 자식들을 위해 평생을 헌신하시던 어머니가 한순간에 다 놓아 버린 듯해서 나는 도무지 이해할 수 없었다. 그러나 나중에야 노인이 병원에 장기 입원하면 저절로 몸의 기력이 떨어진다는 사실을 알게 됐다. 어머니는 칠순이 넘어서도 천막공장에 일을 하러 다니셨다. 자식들이 아무리 말려도 말을 듣지 않으셨다. 자식들에게 부담을 주지 않기 위해서라고 하셨지만 집에서 아버지와 함께 지내기가 싫으셨던 것도 이유였다. 그렇게 평생을 몸을 움직이면서 살던 분이 겨우 45일 간호를 받으며 밥을 하시는 일도 잊으셨다. 하긴 그동안 10명이 넘는 대가족을 혼자서 챙기셨으니 그 일이 얼마나 싫으셨을까?

게다가 문제는 따로 있었다. 내가 전화를 걸면 조금 전에 전화를 받아 놓고도 그 사실을 지각하지 못하셨다. 치매 초기로 볼 수밖에 없었다. 그렇다고 무턱대고 병원에 입원시킬 수도 없으니 누가 하루 종일 붙어 있어야 했다. 그러니 어쩌겠는가. 장남인 내가 모셔야 하지 않겠는가. 그렇게 아무런 준비 없이 어머니를 모신 지 어느덧 만 7년을 넘겼다.

이제 어머니는 넉넉해지셨다. 드라마 내용을 일일이 내게 들려주실 정도로 기억력을 되찾으셨고, 그렇게 심하던 음식 타박도 이제는 하지 않는다. 주말에 둘이 함께 지내면 그저 마음이 편하다. 어머니는 어머니대로, 나는 나대로 함께 지내는 것이 그냥 좋다. 요즘은 내가 찌개를 새로 끓이려고 하면 어머니가 화를 내신다. 아침에 먹던 것이 남아 있지 않느냐고 타박을 늘어놓으신다. 그러니 둘이서 밥을 같이 먹고 드라마도 같이 보고 스포츠 중계도 같이 보는 것이 마냥 편하다. 어머니가 스포츠를 좋아하실 리 없지만 아들이 좋아하는 것이니 절대 싫다는 내색을 하지 않으신다. 나 또한 어머니가 드라마를 보실 때에는 조용히 물러나 일을 하곤 한다.

지난 7년 동안 나는 어머니에게서 많은 지혜를 얻었다. 어머니와 살게 되면서 나는 달라지기 시작했다. 주변 사람들도 어머니 대하듯 하니 인간관계도 더욱 좋아졌다. 무슨 일이 생겨도 되도록 상대의 입장에서 생각해 보고 행동에 옮기는 버릇이 생겼다. 그러니 어머니는 나에게 침묵으로 올바른 인간관계를 가르쳐 주신 큰 스승이나 마찬가지다.

나는 이제 어머니와 지내면서 배운 지혜를 이야기하려 한다. 책을 끼고 사는 책쟁이니까 책 이야기와 내 삶을 겹처서 이야기해 보고자 한다.

아르노 가이거의 『유배중인 나의 왕』(문학동네)은 알츠하이머로 고통 받는 아버지와 함께 살아가는 아들이 아버지를 알아 가는 나날에 대한 기록이다. 이 책의 저자는 "어린 시절에는 누구나 부모님이 강인하고 삶이 무엇을 요구하든 의연하게 버틸 거라고 믿기 때문에 다른 사람도 아닌 부모님이 약해지는 모습을 보는 것은 참으로 견디기 힘든 일이다. 하지만 그동안 나는 이 새로운 역할에 어느 정도 익숙해졌다. 치매 환자를 새로운 기준으로 보아야 한다는 것도 배웠다"고 했다. 나 또한 그랬다. 나는 어머니를 너무 몰랐다. 이제 어머니를 알고 나니 사람을 보는 눈 자체가 달라졌다.

이 책의 저자는 "아이는 능력을 얻고, 치매 환자는 능력을 잃는다. 아이와 같이 지내면 발전을 보는 안목이 날카로워지고, 치매 환자와 같이 지내면 상실을 보는 안목이 날카로워진다. 노년은 그 무엇도 되돌려주지 않는다는 것, 이것이 진실이다. 노년은 일종의 미끄럼틀이고, 노년이 안겨 주는 커다란 걱정거리 하나는 그것이 너무 길다는 것"이라고도 했다. 맞는 이야기다. 하지만 나는 상실이 아니라 회복되는 과정도 지켜봤다. 그 회복은 오로지 관심이 있어야 가능하다. 가족 중에서 손을 잡아 주는 사람이 한 사람이라도 있으면 누구든 삶을 절대로 포기하지 않는다.

2015년 6월
한기호

간병 일기 2

간병 일기 3

2013. 03. 31 ~ 2013. 12. 26

간병 일기 4

2014. 01. 14 ~ 2014. 05. 20

간병 일기 5

간병 일기
1

2009. 08. 02~2011. 10. 20

기억 속의 보양식

| 2009. 08. 02 |

어제는 어머니가 아침부터 운동도 하시지 않고 힘이 없어 보였다. 이유를 물어보아도 아무 말씀이 없으셨다. 그래서 마침 서울에 올라온 동생과 노량진 수산시장으로 갔다. 그때 9호선을 처음 타 봤다. 당산역에서 불과 네 정거장, 시간상으로 12분 거리였지만 노량진역만 해도 들어가는 길이 엄청나게 길다. 나오는 길도 까딱하면 다른 길로 접어들기 십상이어서 옆 동네 간다는 생각은 버려야 한다.

나는 9호선이 개통되면 새벽에 일어나 운동 삼아 수산시장에 가서 신선한 해산물을 사서 어머니 아침상에 올려 드리자고 생각했다. 그런데 그렇게 하려면 족히 1시간은 잡아야 하는 일이라 쉽지 않았다.

어제 수산시장에 가서는 단골집에서 민어 한 마리를 샀다. 좀 비쌌지만 손철주 선배의 글에서 민어가 여름 보양식이라고 했던 게 생각나 회를 떠 왔다. 다행히 어머니는 잘 드셨다. 예전 같았으면 비싼 것을 사 왔다고 타박을 했을 터인데 어제는 아무 말씀이 없었다. 민어를 사 오면서 아버지 생각이 났다. 회를 좋아하시는 분이니 민어도 좋아하셨을 거다, 그런 생각을 하니 가슴이 미어졌다.

나는 가난한 집안에서 자라 어릴 때는 매 끼니에 밥을 먹기 힘들었다. 식단은 주로 콩나물죽이나 시래기죽이어서 죽이 먹기 싫었던 나는 국수를 좋아했다. 할머니가 손수 반죽을 해서 끓인 칼국수는 별미여서 한 양푼씩 먹었다. 어느 해였던가 라면을 홍보하느라고 마을에 공짜로 나누어 주었는데 그걸 한자리에서 일곱 개나 끓여 먹은 적도 있다. 먹성 좋은 5남 1녀 6남매를 두어 부모님은 자식들 먹여 살리는 것만도 만만찮았을 것이다.

그때는 학교에서 돌아오면 부엌에 걸려 있는 대바구니에서 보리밥을 한 그릇 퍼서 펌프 물에 말아 먹었는데 반찬이라고는 풋고추를 된장에 찍어 먹는 게 전부였다. 그러고는 친구들과 개구리 잡으러 들판을 휘젓고 다녔다. 콩 서리나 밀 서리는 다반사였고 남의 밭 무도 뽑아 먹었다. 개구리 뒷다리는 구워 먹고 몸통은 가져와 삶아서 돼지죽을 쑤었다. 가끔 뱀을 잡아 구워 먹기도 했다.

좀 커서는 비가 오면 들판으로 나가 뜰채로 미꾸라지나 붕어를 한 양동이씩 잡아 가져왔다. 할머니와 함께 손질해 가마솥에 푹 끓여서 뼈를 추려 내고 집 근처에 널려 있는 푸성귀를 잔뜩 넣어 추어탕을 끓였는데 그게 보양식이었다. 그런 자연산 보양식을 많이 먹어서인지 지금도 건강 하나는 자신 있다. 웰빙이니 뭐니 하는데 당시에는 그런 삶이 웰빙 그 자체였다. 그 시절이 그립다. 언제 어머니 모시고 시골에 가서 그런 삶을 살 수나 있을까. 그럴 수만 있다면 나무 그늘에서 맘껏 책을 읽을 수 있을 텐데. 그때까지 어머니가 살아 계셨으면 좋으련만.

민이탕까지 끓여 저녁을 먹으니 어린 시절이 떠올라 아련했다. 요즘은 자꾸 옛 생각이 난다. 나도 이제 늙어 가는 게 분명한 모양이다. 아침에 20매 원고를 써서 보냈으니 이제 또 책을 읽어야 한다. 좋은 책을 잔뜩 쌓아 놓고만 있으니 마음이 자꾸 초조하다.

내 인생의 단풍 구경

| 2009. 10. 09 |

새벽에 일어나 『시인과 스님, 삶을 말하다』(메디치미디어)의 뒷부분을 마저 읽었다. 김용택 시인과 도법 스님이 만나 대안의 삶을 이야기한 책이다. 김용택 시인의 삶은 그야말로 한 편의 시이자 드라마이다.

특히 '사랑'에 대한 이야기가 재미있다. 이 시는 무크지 『창작과비평 57호』에 실렸던 것으로 기억한다. "당신과 헤어지고 보낸/ 지난 몇 개월은/ 어디다 마음 둘 데 없어/ 몹시 괴로운 시간이었습니다"하며 시작하는 시인데 그때만 해도 이 시가 실린 책을 사려고 직접 회사로 찾아오는 청소년이 적지 않았다. 이 시로 김용택 시인의 대중성은 더욱 높아졌다. 하지만 지금은 아무리 좋은 시도 바로 인터넷에서 볼 수 있으니 예전만큼 시집은 팔리지 않는다.

이 시에 "길가에 풀꽃 하나만 봐도/ 당신으로 이어지던 날들과" 하는 대목을 시인의 아내가 시어머니에게 읽어 드렸더니 "용택이는 어쩜 내 이야기를 다 해 놨다냐!" 하시며 좋아하시더란다.

감나무 밑에 베어 놓은 풀만 보아도, 아버지가 남기고 떠나신 채취와 추억을 느끼셨다는 이야기는 참으로 부럽기만 하다.

오전에는 〈학교도서관저널〉 창간사를 썼다. 이제 이 일도 막바지다. 곧 회사가 설립되고 창간준비호가 나오면 손님들 모시고 출범식도 가질 것이다. 오후에는 인터뷰도 있었고, 갑자기 찾아오는 사람도 있었다. 동사무소에 들러 서류도 떼야 하고, 속을 썩이는 동생 때문에 전화도 몇 통 해야 했다. 강의를 해 달라는 연락도 있었지만 지금 내 형편에 그럴 정신이 없어 거절했다.

저녁은 모처럼 편집위원들과 먹으며 많은 이야기를 나누었다. 그때 나는 단풍 이야기를 했다. 6~7년 전이던가? '만추의 향연'이라는 단풍놀이를 갔는데 관광버스에서 옆에 앉은 여자 분이 낭랑한 목소리로 "우리가 이 단풍을 몇 번이나 볼 수 있을까요?" 하고 묻자 10번, 20번 하고 세어 보다가 갑자기 내가 살날이 열흘, 아니 이십 일밖에 남지 않은 듯해 억장이 무너지는 것 같았다. 그래서 나는 단풍만 보면 '우리가 얼마나 더 살 것인가? 남은 생은 정말로 후회하지 않는 삶을 살아야 하지 않겠는가?' 하는 생각을 한다.

저녁 모임을 마치니 10시쯤 되었길래 세브란스병원 영안실로 문상을 갔다. 봄에만 해도 아버지 돌아가신 이야기를 하다가 열린책들 홍지웅 사장님 아버지는 매우 건강하단 이야기를 들었는데, 쓰러지신 지 4개월 만에 작고하셨다고 했다. 요즘 잘 연락이 되지 않아 섭섭한 마음이 있었는데 부고 소식을 듣는 순간 미안한 마음이 들었다. 아는 분들이 몇 분 있어 잠시 앉았다가 11시쯤 집으로 돌아왔다.

　막걸리를 꽤 여러 잔 마시고, 영안실에 소주 두 잔을 마셨는데 집에 오니 잠이 오지 않았다.

행복한 삶

| 2010. 04. 01 |

어제는 침과 뜸을 맞고 두 시간 강의를 하고 집으로 오니 10시쯤이었다. 낮에 졸지 않은 걸 보니 약발이 듣는 모양이다. 잠이 오지 않아 지나온 과거를 떠올리며 이런저런 생각을 했다.

네이버 연재는 원래 다른 이와 격주로 할 생각이었는데 사정상 혼자 맡게 되었다. 함께 하자고 제안했던 후배에게 '베스트셀러 30년' 연재의 가제본을 주었더니 이게 사람이 할 짓이냐고 했다. 자기는 죽어도 못한다는 것이다.

지난 8개월 눈만 뜨면 무조건 책을 잡았다. 딴 생각을 할 겨를이 없었다. 2010년 연재를 또 써 달라는 제안에는 너무 지쳐 있어 그만 끝내자고 말했다. 그 후유증이 조금씩 드러나는 것 같다. 어머니는 내가 요즘 얼마나 몸이 상했는지 아느냐고 걱정이다. 작은딸도 언제나 내 걱정이다. 어제 한의원에서 침을 맞고 뜸을 놓았다는 문자를 보냈더니 "진심으로 내가 그리 말했건만, 이제야 마음이 모래알만큼 놓이네. 술 좀만 먹고!"라는 답신이 왔다. 스스로 벌어 언니를 만나러 프랑스로 가면서도 아빠 걱정에 마음이 놓이지 않는다고 난리를 치고 떠나던 참이었다. 비행기를 타면서도 내 걱정이다.

얼마 전 한 직원에게 "내 인생이 행복해 보이냐?"고 물었다. 그랬더니 아니란다. 그래서 나도 행복하지 않다고 말했다. 솔직히 나 하나 행복할 수 있는 길은 눈앞에 훤히 보인다. 그러나 그 길을 가지 못한다. 일을 모두 내려놓고 떠나고 싶은 적이 어디 한두 번이었던가. 요즘 몸이 좋지 않으니 가끔 발끈하는 성격이 나오기도 한다. 한순간 마음을 진정시키고 침착하게 대응하면 아무 일 없을 것을, 일단 소리를 질러 버리니 수습이 쉽지 않다. 상대를 배려하는 마음이 조금만 있어도 그렇지 않을 텐데 말이다.

나와 같은 삶은 결코 아무에게도 권하고 싶지 않다. 내가 한강에 뛰어들지 않는 한 그만둘 수 없다. 내가 저지른 일이니 포기할 수는 없다. 몸이 으스러질 때까지 꿋꿋하게 가야 할 길이다. 하지만 직원들에게는 자신의 행복한 삶을 찾으라고 말한다. 그들이 도움이 필요하면 언제든 손을 내밀어 줄 것이다. 내 목적을 위해 다른 사람을 불행하게 만들고 싶지 않다고 생각하니 마음이 편해진다.

요즘은 이상하게도 이야기를 하다 보면 자주 눈물이 난다. 어제 떠나는 한 직원은 내게 손수건을 선물했다. 내가 눈물을 흘리는 모습을 보고 안쓰러운 마음이라도 들었던 걸까.

어머니와 마주앉아

| 2010. 04. 26 |

처음 어머니를 모셔 왔을 때는 정신이 오락가락하는 모습을 정말 이해할 수 없어 그동안 함께 지냈던 동생에게 전화해서 묻는 일이 종종 있었다. 그때마다 동생은 일일이 설명해 주었다. 게다가 드시는 약은 왜 그리 많은지. 다행히 도우미 아주머니가 의학 상식뿐만 아니라 노인을 모시는 데 요령이 좋았다. 겉으로는 살가워 보이지 않는데도 어머니는 무조건 아주머니 말에 따랐다.

처음에는 잠을 못 주무시는 날이 많았는데 그것이 죽음에 대한 공포 때문이라는 건 나중에 알았다. 실사나 번비로 병원에 데려가면 큰 병원에 가서 사진을 찍지 않는다고 불만이 대단하셨다. 아버지가 대장염으로 돌아가신 탓에 비슷한 증세만 보이면 자신도 죽을지 모른다는 두려움 때문에 그러신다는 것을 나중에 알았다.

『노인수발에는 교과서가 없다』(창해)의 원제는 '간병에는 교과서가 없다'이다. 이 책은 조부모, 부모, 시어머니 등 다섯 명의 노인과 죽음을 함께했던 사람이 썼다. 저자는 1949년생이니 환갑이 지났다. 노인수발에 산전수전을 다 겪은 사람이라 할 수 있다. 저자는 시어머니와 우여곡절을 겪은 이야기를 어느 잡지의 체험 수기 공모에 응모해 최우수상을 받는 바람에 신문, TV에서 주목 받기 시작했다. 결국 저자는 전국으로 강연을 다니면서 책도 여러 권 펴냈다. 이 책에는 일본 책의 특기인 매뉴얼이 없다. 자신의 경험을 담담하게 털어놓은 에세이로 읽으니 마음이 저절로 편안해졌다.

어제 저녁은 어머니와 함께 해야 한다는 생각에 5시 30분경 일찍 집에 들어왔다. 저녁상을 마주하고 어머니 얼굴을 보니 얼굴에서 미소가 사라지지 않았다. 내가 일찍 들어와서일까? 어쨌든 웃으시는 모습이 너무 좋았다.

어머니는 늘 자식과 손녀 걱정뿐이다. 내가 늦게 들어가는 날에도 거실에 불이 꺼지는 법이 없다. 내 방에 손수 이부자리를 펴시기도 한다. 아주머니가 휴가를 떠난 주말에는 새 밥통에 밥도 하신다. 아직 찌개는 내가 끓여야 하지만 있는 반찬으로 식사를 하는 데는 문제가 없다. 오늘 아침에는 얼굴도 무척 좋으셨다. 아마도 어머니는 90세를 넘기신 우리 집안의 전통을 이어 가실 것으로 보인다.

『노인수발에는 교과서가 없다』의 저자는 사랑은 투쟁이라고 말했다. 전후의 가난한 시절에 자식들을 힘겹게 키워 내신 시어머니와는 사이가 좋지 않았지만 정성으로 수발했다. 도와주지 않으면서 감기 걸린 자신에게 '감기 따윈 걸리지 마'라고 말하는 남편(지난날의 내 모습이다)에게 형용할 수 없는 분노가 울컥 치솟아 부엌칼을 쥔 손을 부들부들 떨다가 왈칵 울음을 터뜨리기도 했다 지만 그녀는 이제 그 경험으로 전문가의 삶을 살고 있다.

우리는 누구나 치열한 현실을 살고 있다. 나 또한 지난 1년을 어떻게 버텨 냈는지 모른다. 아마도 그동안의 투쟁이 나를 키웠을 것이다. 『노인수발에는 교과서가 없다』는 내게 크나큰 마음의 평정을 불러왔다. 아마도 병상에 있는 노인을 수발하며 지친 분들이라면 더욱 큰 감동을 받을 것이다.

어머니가 차려 준 밥상

| 2010. 05. 30 |

어제 평택에서 강연을 하고 도서관 관계자들, 주최자들과 교외의 한 식당에서 저녁을 먹었다. 연잎으로 싼 매우 정갈한 밥이었다. 나를 평택역으로 데려다준 도서관 관계자들은 처음 만났는데도 매우 살갑게 느껴졌다. 내가 평택 출신이라서 그런지 그들도 나를 편하게 대했고 강의 중에 웃는 모습도 많이 보여 주었다.

집으로 오면서 참외와 사과, 생태와 삼치, 그리고 야채 몇 가지를 샀다. 잠깐 동안이었지만 어머니를 혼자 계시게 한 것이 미안해 어머니 옆에 누웠더니 과거 이야기를 줄줄이 늘어놓으셨다. 할아버지가 속아서 땅을 사는 바람에 온 가족이 고생을 한 일부터 내가 감옥에 간 뒤 고생하신 일 등 몇 번이나 들은 이야기였지만 세세하게 다 기억하며 열심히 이야기하시는 것을 옆에서 묵묵히 들어 드렸다.

새벽에 일어나 『헤이, 바보예찬』(김영종, 동아시아) 서평을 써 보내고는 생태찌개를 끓여 어머니와 아침을 먹었다. 밥은 어머니가 직접 쌀을 씻어 밥통에 안치셨다. 어머니는 이제 참견이 많아지셨다. 이러저런 일도 하시고 특히 설거지는 내가 손도 못 대게 하신다.

모처럼 낮잠을 푹 자고 일어났더니 어머니가 점심을 먹자고 하셨다. 그래서 서둘러 나와 보니 이미 밥상이 다 차려져 있었다. 시골에 계시던 어머니가 내게 오셨을 때만 해도 몹시 걱정스러웠는데 이제 정신은 온진히 돌아오셨다. 식사도 잘 하시고 운동도 열심히 하시니 참으로 다행이다.

정성으로 끓인 우족탕

| 2010. 06. 13 |

어제 오후에는 우족과 참외, 고등어 등을 사 왔더니 어머니가 우족탕을 끓이셨다. 한 차례 끓인 물을 버리고 다시 약한 불에 오래 끓여야 해서 내가 축구 경기를 보는 내내 부엌을 드나들면서 불관리를 하셨다. 그러고는 아침에 파까지 썰어 식탁에 올려놓으셨는데, 이제 정말 정상인과 다름없었다. 치매 초기 증상이 나타나면서 잠깐 정신이 돌아올 때면 죽을 거라던 분이 완전히 달라지셨다.

아침과 점심에는 밥 한 그릇을 다 비워서 기분이 좋았다. 내가 설거지를 하려 했더니 비키라고 해서 하시게 두었다. 평일에는 도우미 아주머니가 있어 꼼짝 하지 않으니 운동 삼아 하시는 편이 나을 것 같았다. 참외도 숟가락으로 긁어 잘 드신다. 이렇게 어머니와 연애하듯 살면 영영 잘 살지 못할 것도 없으련만 어쩌다 내 인생은 이렇게 되었는지.

어제 작은딸은 친구 결혼식에 갔다가 부케를 들고 왔다. 곧 결혼할 거냐고 물었더니 그럴 생각은 없단다. 저도 아빠에게 시달리지 않으려면 빨리 독립해야 할 텐데 아직 속내를 다 털어놓지는 않는다. 자상한 아빠가 아니니 편하게 상의하기도 어려울 것이다. 몇 주째 주말에는 어머니와 함께하는 것이 일상이 되었다. 그러는 바람에 일이 자꾸 밀리는데 이 일 빚은 언제 다 갚을지 걱정이다.

변함없이 치열하게 살다

| 2010. 12. 11 |

어제 새벽 6시 30분에는 도우미 아주머니가 새로 오셨다. 먼저 일하시던 분은 중국에서 내과 의사를 하시던 분이라 치매 초기의 어머니를 잘 보살펴서 정상으로 바꿔 놓으셨기에 고마운 마음이 컸다. 그분이 그만두면서 사촌 동생을 소개해 주었지만 집에 갇혀 있는 기분이 들었는지 한 달 만에 그만두었다. 그러고는 새로운 분을 찾은 것이다. 이전 아주머니들에 비해 젊어서 그런지 판단이 빠르고 시원시원해서 좋았다. 부산에 있는 동생이 보내 준 황태로 국을 끓였는데 입맛에 딱 맞아 기분이 좋았다.

어제는 아버지 제사 때문에 동생들과 여러 차례 전화를 했다. 하루 종일 수십 통의 전화, 여러 사람과의 만남에다 글을 쓰고 책을 읽으니 머리가 띵 했다. 늘 그래 왔지만 이럴 때 편하게 술을 한 잔 마시고 잠이 들면 새벽에 일찍 깨고 일도 잘된다. 오늘도 잠이 들었다 깨니 1시였는데 우연히 집어 든 책이 하필 내가 2002년에 펴낸 『한국 출판의 활로, 바로 이것이다』였다. 읽다 보니 그때도 정말 치열하게 살았다는 생각이 들었다.

추억으로 이끄는 책

| 2010. 12. 19 |

어제는 두 번이나 병원에 있는 동생에게 다녀왔다. 점심 면회 때 동생은 정신이 완전히 돌아와 편하게 옛날이야기를 했다. 공주에 살던 시절이 그립다고 했다. 내가 대학을 다닐 때 동생은 고등학교 학비가 없어 내게로 왔다. 라면 하나를 물을 잔뜩 넣고 끓여 둘이 나눠 먹기도 하고, 전막의 정육점에서 돼지비계를 사 와서 김치를 넣고 끓여 먹을 정도로 힘겹게 살았는데 "그때 형이 책을 알게 해 준 것이 고맙다"는 말을 여러 번 했다. 나는 퇴원하면 같이 살자고, 그리고 여행도 함께 하자고 했다. 동생은 그 정신에도 다른 동생들에게 잘해 달라는 부탁을 했다. 마음이 따뜻하고 모질지 못한 놈이라 병을 앓는 것이라는 생각이 들었다.

저녁에 갔을 때는 배가 고프다고 해서 간호사의 허락을 얻어 빵을 사다 주었다. 휴대전화로 여동생과 어머니에게 전화를 걸어 건네기도 했다. 쓰러지는 모습을 본 어머니와는 6일 만의 대화인 셈이다. 병원을 나와 영등포시장에서 생태 3마리를 만 원 주고 사 왔다.

저녁에 어머니와 드라마를 보다가 내 방으로 와 황선미의 『바람이 사는 꺽다리집』(사계절)을 읽었다. 소설의 무대는 평택시 팽성면(지금은 팽성읍)의 객사리다. 나는 같은 면의 신대 2리에서 살았다. 미군부대 인근에 있는 대추리로는 소풍을 자주 갔다. 나는 황 작가보다 다섯 살 위니까 소설 속 주인공 연재가 초등학교 4학년이면 나는 당시 평택중학교 3학년이었을 것이다.

새마을운동의 광풍을 그리고 있는 소설은 마치 내 이야기처럼 읽혔다. 나도 당시 '하면 된다'는 식의 글을 써서 글짓기대회에서 늘 상을 받았다. 하도 상을 많이 받아 상장과 상패가 할아버지 방 두 면을 다 채울 정도였다. 국가가 국정을 알리는 마케팅으로 교육을 활용하던 그 시대에 나는 정말로 대단한 앵무새로 활동했던 것이다.

그런 내가 세상에 대해 인식하게 된 것은 고등학교 2학년 때 통학버스에서 한 대학생이 권한 〈창작과비평〉을 접하고서였다. 그런 이야기는 자서전 『열정시대』(교양인)에서 다 밝혔다. 그래서 나는 잡지를 중요하게 여긴다. 〈기획회의〉나 〈학교도서관저널〉을 열심히 하는 근본적인 이유는 거기에 있는지도 모르겠다.

생태찌개를 끓여 어머니와 아침을 먹은 뒤 『바람이 사는 꺽다리집』의 서평을 써서 보냈다. 서평을 쓰면서 밑줄을 그은 책을 다시 넘기다 보니 또 옛날 생각이 났다. 이 책은 동생에게 갖다 주어야 할 것 같다. 아마도 내일이면 일반 병실로 옮길 테니 동생도 책을 읽을 수 있게 되어 좋아할 것이다. 이 책의 주인공은 5남매 맏딸(두 살 연상인 오빠가 있다)이지만 나는 6남매 장남이다. 형제가 많으면 늘 다툼이 끊이지 않지만 그래도 형제들 덕분에 힘겨운 시절을 견디기도 한다.

책 인연은 따로 있는지도 모르겠다. 주말에 읽을 요량으로 한 가방 책을 담아 왔지만 집어 드는 책은 어떻게든 나와 연결되는 책이기 십상이다.

30년 동안 품은 추억

| 2011. 01. 17 |

대학 시절에 한나절의 달콤한 데이트를 했던 후배와 만나기로 했다. 내가 워낙 바쁘니 찾아온단다. 지금은 세 아이의 어머니이자 교감 선생님이 되었다. 최근에 블로그를 통해 소식을 접했지만 나는 선뜻 달려가지 못했다. 그리움은 그리움으로도 족하지 않을까? 30년 이상 가슴에 품었으면서도 그냥 추억으로 삼고 있었던 소중한 만남이다.

하지만 오후 3시에는 강남에서 심사가 있고, 7시에는 저녁 약속이 있다. 오전에는 회의가 두 건이나 있다. 너무 춥고 바쁜 날, 우리는 그냥 밥이나 먹고 헤어져야 한다.

어린아이가 된 기분

| 2011. 02. 06 |

오늘 작은딸이 짐을 싸서 제 어머니에게 갔다. 자세한 사정을 말하지 않으니 잘 모르겠고, 뜻한 바 있어 그랬겠지만 많이 허전했다. 딸의 방을 치우고 집 안을 대청소하고 나니 더욱 슬펐다. 말로는 못하는 이야기를 쓴 편지를 어머니께 읽어 드리다가 눈물을 흘리고 말았다. 자주 들른다고는 하지만 가슴이 텅 빈 것 같다. 20년을 함께 산 아내가 집을 나갔을 때는 이러지 않았는데 왜 이러는지 모르겠다.

나는 딸들에게 잘해 주지 못했다. 그래도 파리에서 석사까지 끝내고 파리의 건설회사에 다니는 큰딸이나 2년 계약직이지만 외국계 회사에 다니는 작은딸이나 모두 번듯한 직장이 있으니 안심해야 할까? 내가 쓰러져도 딸들은 제 힘으로 잘 살아갈 수 있을 것이다. 아이들이 대학을 마치자마자 용돈을 끊었는데도 스스로 잘 헤쳐 왔으니 어디에서라도 잘 살 것이다. 아이들이 스스로 이겨 낼 힘을 키운 것은 책이다. 무심한 아버지 때문에 무척 힘겨웠을 텐데 이렇게 이겨 낸 것을 나는 대견해해야 할까.

어머니는 아무 말씀이 없으시다. 이제 모자가 단둘이 살아가야 한다. 건강에 자신감이 생기신 어머니는 어제 집안일을 스스로 해 보겠다고 의욕을 보이셨다. 나는 집안일을 챙겨 본 적이 없기 때문에 이제 어쩌지 못하는 어린아이가 된 기분이다. 막막하지만 어떻게든 살아지겠지 하는 생각뿐이다.

책이면 만사형통이다

| 2011. 02. 08 |

나는 고등학교 1학년 때 입주 가정교사로 들어갔다. 그때부터 지금까지 먹고사는 것은 스스로 해결했다. 그래서인지 고난에 빠졌을 때 나는 잘 이겨 내 왔다. 1998년에 나는 외톨이였다. 망망대해에 혼자 떠 있는 느낌이었다. 하지만 그때 누가 청탁하지 않아도 나는 한 달에 500매의 글을 써 댔다. 세상에 대한 증오심으로 불타오를 때 글이 잘 써진다. '베스트셀러 30년'을 다시 쓰면서 나는 그때의 글들을 다시 읽어 보았다. 무슨 열정으로 그런 글을 썼나 싶었다.

사람들은 자식들에게 자기 뜻을 구현하려 한다. 나라고 그런 생각이 왜 없었겠는가? 하지만 나는 자식이 세상을 스스로 헤쳐 나가기를 기대했다. 힘겨움을 스스로 겪어 본 다음 이야기해도 늦지 않다고 믿었다. 나는 딸이 다닌 고등학교에 새 책 4,400권을 기증한 적이 있다. 책을 보낼 때도 혹시나 딸을 잘 봐달라는 뜻으로 비치지 않도록 내신평가가 끝난 다음에 보냈다. 특혜는 기대하지 않았다.

딸은 집을 나가면서 내게 쓴 편지에 "이직해서 일다운 일을 하다 보니 밖에서 일을 하고 자기의 목소리를 낸다는 것이 얼마나 어려운지 안다"고 했다. 그래서 "아빠가 자랑스럽다"고 했다. 나는 딸을 걱정하지 않는다. 인생은 스스로 선택하는 것이다. 깊은 수렁으로 빠지는 것을 그냥 보고 있을 수는 없겠지만 세상의 고난을 겪지 않게 하려는 것은 옳지 않다. 아빠 없이 살아 보는 것도 좋다. 고1부터 삼수 끝에 대학 합격통지를 받는 동안 딸은 참으로 힘겨운 세월을 보냈다. 그런데도 자신보다 친구들 걱정을 많이 했다.

고3 때 딸은 소설을 하루에 한 권씩 읽었다. 나는 가만두었다. 그때 소설을 못 읽게 하고 학원에라도 보내 성적을 올렸으면 재수를 하지 않았을지도 모른다. 하지만 나는 공부보다 책 읽는 것을 중요시했기에 그냥 내버려 두었다. 삼수를 할 때는 딸 친구의 어머니가 돌아가셨다. 수능이 한 달밖에 남지 않았을 때인데도 딸은 병원 영안실에 있느라 집에 들어오지 않았다. 벽제 화장터까지 갔다가 와서는 하루 종일 잠을 잤다. 나는 그냥 두었다. 그깟 대학 가는 것보다 친구의 마음을 얻는 것이 중요하다고 생각했기 때문이다. 나는 딸에게 "너는 인간관계가 좋기 때문에 라면가게를 해도 성공할 것"이라고 했다. 딸이 나보다 낫다고 어느 신문에다가도 칼럼을 쓴 적이 있다.

몇 달 전 딸은 외국계 회사에 들어갔다. 솔직히 영어 면접에 합격했다는 것에 놀랐다. 영어 시험 준비를 하나도 하지 않았는데 어떻게 붙었는지 대견했다. 삼수 공부도 헛된 것은 아니었구나 싶었다. 처음 일을 시작할 때는 힘들었을 것이다. 하지만 웬만한 책을 읽어 내는 능력이면 어떤 직종에서라도 잘해 낼 수 있다. 세상에 턱걸이하는 것이 힘들지 그 과정만 지나면 모든 것을 이겨 낼 수 있다. 내가 그랬으니까.

나는 대학에서 배운 것이 없다. 유신치하에 뭘 배웠겠는가? 책만 읽어 대는 교수, 판서만 해 대는 교수, 수업 빼 먹기만 좋아하는 교수. 그나마 배우고 싶은 교수의 강의는 늘 서론에서 끝났다. 그러니 갈증은 책으로 해결해야 했다. 가난 때문에 책을 사기가 어려워 서점에서 책만 만지작거리다가 돌아선 적도 많다. 그러다 술에 취해서는 외상으로 잔뜩 사 와서 책값 갚느라 허우적거렸다. 하지만 그때 읽은 책이 오늘의 나를 만들었다.

이제 딸이 스스로 자신의 길을 선택했으니 솔직히 홀가분하다. 나는 잘 이겨 내리라 믿는다. 많은 사람이 못난 아빠라고 말할지도 모르겠다. 하지만 이게 내 방식이다. 회사 경영도 마찬가지다. 어제 4년 전쯤 그만둔 직원이 회사를 옮긴다고 찾아왔다. 나는 연구소로 돌아오는 줄 알았다고 농담했다. 떠나더라도 이렇게 믿으면서 가끔 얼굴을 볼 수 있으니 행복하다. 집안일로 고민하기에 적당한 책을 한 권 선물했다. '책을 읽다 보면 답이 나온다'는 것도 내 방식이다. 책이면 만사형통이란 생각 말이다.

도우미 아주머니의 전문성

| 2011. 02. 11 |

도우미 아주머니가 떠나셨다. 집이 가까운 분이라 출퇴근을 하시도록 했더니 오후 6시가 되기 전에 어머니 저녁상을 차려 드리고는 서둘러 나가는 일이 잦았다. 아마도 시간이 나니 저녁에 다른 일을 하신 모양이었다. 그러니 낮에는 낮잠이나 자고 있을 수밖에. 아들에게 말도 못하고 어머니가 마음고생을 하시는 것 같아 그만두라고 했다. 내가 이런 결정을 하는 데는 얼마 전 읽은 김기협 선생의 『아흔 개의 봄』(서해문집)이 많은 도움이 됐다. 노부모가 있으신 분들은 이 책을 꼭 읽어 보길 바란다.

어머니는 치매 초기에 내게 오셨다. 그때 처음 도우미 아주머니를 썼는데, 중국에서 내과의사로 정년퇴직하신 분이셨다. 덕분에 어머니를 환자로 여기고 잘 보살펴 주었다. 식사를 안 하시겠다고 하면 달래서 드시게 하고, 목욕도 자주 시키셨다. 무엇보다 어머니가 먹고 있던 한 움큼의 약들을 끊게 만들어 지금은 혈압약 몇 알만 드신다. 또 밖으로 자주 모시고 나가 운동도 하고, 미장원에도 다녀오고, 때로는 머리 염색도 하셨다. 도우미 아주머니의 전문성이 얼마나 중요한가를 새삼 느꼈다. 중국으로 돌아가신 큰누이 같은 그 아주머니가 새삼 그립다.

나는 요즘 사람들에게 『아흔 개의 봄』을 자주 추천한다. 얼마 전에 찾아온 어린 친구에게는 내가 갖고 있던 책을 주면서 홀어머니 때문에 마음 고생하는 어머니께 갖다 드리라고 했다. 이 책은 매우 감동적이다. 장례 절차까지 준비하던 어머니를 일어나게 하고, 스스로 자존감을 갖고 요양원에서 살게 만든 것은 어머니를 진정으로 이해하는 아들의 마음 덕분이었다. 이 책을 읽으면서 또 놀란 사실은 병원의 간병인이 대부분 중국 동포들이라는 것이다. 김 선생의 사례에서 나는 김 선생이 중국 동포들의 마음을 얻는 것이 어머니의 회생에 기여했다는 사실을 알게 됐다. 전문성 이상으로 진정성이 중요하다는 의미였다.

어제도 저녁 약속 때문에 집에 일찍 들어갈 수 없을 것 같아 혼자 계실 어머니 걱정에 고등학생인 조카 녀석을 불렀다. 성남에 사는 놈이 마침 홍대 앞의 학원에 다니고 있어 잘 되었다 싶었다. 조카 녀석에게 죽을 사 가서 같이 먹으라고 부탁했다. 어머니는 무척 좋아하셨을 것이다. 이런 일들이 지금은 어머니 일이지만 곧 내 일이 될 수도 있다.

어제 저녁에는 한 선배가 암으로 투병한다는 사실을 전해 듣기도 했다. 힘겨운 세월을 보낸 분이라 그런가 싶어 안타까웠다.

나를 되돌아보다

| 2011. 02. 13 |

도우미 아주머니가 그만두시고 딸이 집을 나간 다음부터 집이 고
즈넉하다. 어머니와 단둘이 지내니 늘 어머니가 걱정된다. 초반
에는 새벽에 영등포시장에도 들러 보았지만 마땅한 밑반찬이 없
었다. 젓갈, 고기류, 딱딱한 것 등을 제외하니 결국 또 소고기를
사 와 소고기 무국을 끓였다. 집 근처 아울렛 식품 매장을 가 봐
도 마찬가지였다. 몇 가지를 사 오긴 했는데 마땅찮았다. 그래서
오후에 백화점에나 가 보려 했는데 성남에서 살고 있는 여동생이
예고도 없이 밑반찬을 들고 나타났다.

어머니는 불쑥 다림질 이야기를 꺼냈다. 여동생이 온 김에 내
옷을 다림질을 시키려는 듯했다. 어머니는 늘 큰아들밖에 모른다.
그래서 내가 양복과 와이셔츠를 갖다 놓고 직접 다림질했다. 나
는 내가 스스로 완전히 독립해야 한다고 생각했다.

2년 6개월 만에 하는 다림질이라 처음에는 헤맸지만 금세 익
숙해졌다. 다림질이 끝나자 여동생은 자리에서 일어났다. 여동생
을 배웅하려고 현관문 앞에 섰는데, 딸이 써 놓은 '다리미 코드

뽑았나 확인하기!'라는 글이 눈에 들어왔다. 늘 그 자리에 있었던 그 말이 불쑥 나타나 가슴을 뒤흔든다.

딸아이에게 나는 늘 불안한 존재였다. 술을 마시는 아빠를 늘 불안해했으니 내 곁을 떠나면서도 그것이 걱정됐을 것이다. 금요일 저녁에 집에 와서는 할머니에게 요즘 내가 일찍 들어오더냐고 물었다고 한다. 작년 연말 낙상한 이후 정신을 잃을 정도로 마시는 일은 피하고 있다. 물론 긴 시간 술을 마실 만한 여유도 없었다. 언젠가는 서로가 완전히 독립해야 할 테니 이렇게 일찍 준비하는 것도 나쁘지 않을 거다. 그렇게 생각하니 마음이 홀가분하다.

새벽에는 『우리는 모두 사랑을 모르는 남자와 산다』(김윤덕, 푸른숲)에 대한 서평을 써서 보냈다. 나도 그 책에 등장하는 남자들과 별반 다르지 않을 것이다. 나는 여전히 마음은 그렇지 않으면서도 사랑을 표현할 줄 모른다. 그렇다고 '연애의 기술'을 새롭게 배울 생각은 없다. 그저 지금까지 살아온 대로 살면 된다. 책에서 아이들에게도 적당한 무관심이 필요하다고 했는데 맞는 이야기다. 아이에 대한 지나친 관심이나 기대는 좋은 결과를 가져오기 어렵다.

어제 사무실에 나가 중요한 두 만남을 가졌다. 한 만남은 과거의 나를 돌아보는 계기가 되었고, 다른 한 만남은 나의 미래를 결정할 수도 있는 만남이었다. 어쩌면 우리는 늘 이렇게 소중한 만

남을 갖고 있는지 모른다. 그럼에도 우리는 그 중요성을 늘 간과하곤 한다. 나부터가 그렇다. 사람들을 도통 기억하지 못한다. 그리고 상대의 애틋한 마음에 대한 후속 조치를 전혀 하지 못하니 소중한 인연을 못 이어 가고 있는지도 모르겠다.

이유야 늘 과도한 일 때문이다. 지금도 가방에는 읽어야 할 원고들이 가득 들어 있다. 애초에 약속을 하지 말아야 하지만 그게 쉽지 않다. 연재 원고의 마감은 무슨 일이 있더라도 지키면서 사적인 약속은 빨리 해결해 주지 못하는 경우가 많다. 빨리 그 빚에서 헤어나고 싶다. 일요일 오후, 한 주의 일들을 떠올리면서 몇 가지 다짐을 해 본다.

천천히 달라지는 모습

| 2011. 04. 18 |

주말에는 어머니 옆에 꼭 붙어 있었다. 혼자 식사하시는 것을 너무 싫어하시니 주말만큼은 같이 있으려고 한다. 세끼 밥을 다 드시는 걸 보니 마음이 흐뭇하다. 어머니와 단둘이 지내는 동안 어머니는 세탁기와 가스레인지 작동법을 배워 실행 중이다. 집안일도 하나씩 배워 조금씩 움직임을 늘려 나가신다. 두 식구 살림이라 일이 많지도 않거니와 그렇게 조금씩 몸의 감각을 회복하는게 중요하다는 생각이 든다.

식사 때는 꼭 국물 있는 찌개가 필요하다. 하지만 같은 것을 두 번 드시려 하지 않아 매 끼니마다 새로운 국이나 찌개를 끓여야 한다. 그래서 음식이 좀 남는다 싶으면 내가 더 먹게 된다. 어릴 때는 식은 밥과 남은 반찬이 어머니 차지였는데, 이제는 처지가 뒤바뀐 것이다.

그제는 아욱이 싱싱해 사다가 아욱국을 끓였다. 입에 맞으셨는지 두 끼니에 내어도 불평 없이 드셨다. 게다가 어머니가 먼저 딴 거 끓이지 말고 남은 걸 먹자고 하셨다.

어제 저녁에는 마트에서 파는 김치를 사 왔다. 작년 김장 김치가 많이 남아 가끔 김치찌개를 끓이면 시큼한 맛 때문에 드시지 않았다. 아침에 모른 척하고 묵은 김치에 햄을 넣어 김치찌개를 끓였더니 찌개에서는 햄만 건져 먹고 새 김치만 드셨다. 묵은 김치를 어떻게 요리해야 할지 고민이다.

아침마다 밥은 어머니가 하셨다. 어떻게 아는지 하루 동안 먹을 양을 정확하게 하시고, 설거지도 혼자서 다 하신다. 몸이 좋지 않지만 자꾸 움직이니 식사를 잘 하신다. 요즘은 내 책『베스트셀러 30년』(교보문고)을 머리맡에 두고 조금씩 늘 읽으신다. 오늘 아침에 내 칼럼이 실린 〈경향신문〉을 드렸더니 그것도 하루 종일 천천히 읽으신다.

확실히 한 달 전보다는 많이 좋아지셨다. 어제는 다림질 안 하느냐고 하셔서 일주일 동안 입을 옷을 다려 놓았다. 그리고 죽과 사골곰탕을 사다가 냉장고에 넣어 두고, 과일도 잔뜩 채워 두었다. 처음에는 잘 드시지 않더니 요즘은 챙겨 드신다. 예전 모습을 완전히 되찾는 것은 어렵겠지만 눈에 띄게 좋아지시고 있다. 특히 기억력 하나만큼은 정확해 치매 초기 때의 모습은 전혀 찾아볼 수가 없다.

게다가 전에는 아무 말씀이 없으시더니 요즘은 싫다, 좋다는 의사 표현을 확실하게 하는데 그런 모습이 나는 보기 좋다. 시어머니가 돌아가셨을 때 어머니가 환갑이었으니 평생을 눌려 지내

다가 이제야 당신의 뜻대로 살 수 있게 되었다. 하지만 몸과 마음
이 제대로 움직이지 않으니 그게 안타깝다. 좀 있다가는 한강변
에 같이 나가 보려 한다. 동생들이 오면 행주산성에라도 모시고
갈 생각이다.

기억 되살리기

| 2011. 04. 29 |

요즘 어머니를 보면 슬며시 웃음이 난다. 자꾸 아이마냥 어리광이라도 부리시는지 출근을 하는데 꼭 나가야 하느냐고 물으신다. 혼자서 식사할 수 있도록 준비를 해 놓고 집을 나서지만 그래도 혼자 밥을 먹기가 싫으니 그러시는 것 같다.

　그리고 집안일도 점점 늘려 가고 있다. 세탁기를 돌려 빨래한 옷을 제자리에 갖다 놓거나, 쓰레기를 모두 쓰레기봉투에 담아두거나, 가스레인지를 깨끗하게 닦아 놓는 등 몸을 움직이신 흔적이 역력하다. 건강을 위해서라도 이 정도의 일을 하시는 것은 좋을 것이다.

　내일은 김치를 담가 보려 한다. 대학생 때 담가 본 적이 있으니 어머니의 지혜를 빌리면 못할 것도 없을 것이다. 그냥 사 먹으면 되지만 어머니가 몸으로 기억하는 것들을 되살리기 위해 일부러 해 보려 한다. 이런 식으로 하나둘씩 어머니가 할 수 있는 것들을 늘려, 차차 혼자서 찌개를 끓여 식사를 할 수 있도록 해 볼 생각이다.

아침에는 공복에 과일을 갈아 드리는데 그 덕에 나도 덩달아 마신다. 오늘은 토마토, 배, 사과에다 오이를 조금 넣어 보았는데 궁합이 맞는지 모르겠다. 친구들 말대로라면 책밖에 모른다는 내가 요즘 음식에 대한 고민이 많다. 어제 후배가 어떤 요리 잡지가 괜찮다고 했는데 이 나이에 요리 학원을 가긴 힘드니 잡지라도 하나 보아야겠다.

어머니와 친해지는 법

| 2011. 05. 08 |

요즘 나는 어머니와 친해지는 법을 배우고 있다. 하지만 나도 평생 일만 하고 살았으니 노는 것에는 젬병이다. 작품 사진을 곁들인 신현림 시인의 에세이『엄마 살아계실 때 함께 할 것들』(흐름출판)에서는 생활용품 바꿔 주기, 살림 돕기, 생일상 차려 드리기, 한 풀어 드리기, 포옹하기, 단둘이 여행하기, 잘 사는 모습 보여 드리기, 응원 보내기, 함께 노래 부르기, 영화 관람하기, 매일매일 통화하기 등 30가지의 방법론을 제시하고 있다.

신현림 시인은 내가 창비에 근무할 때『세기말 블루스』(창비)를 펴내 알게 된 시인이다. 최소생계비로 연명하다가『세기말 블루스』가 베스트셀러가 되는 바람에 "이름 석 자는 대중들에게 알려졌고, 일거리도 계속 이어져 식구들에게 좀 더 관심을 기울일 여력이 생기기 시작했다"고 했다. 그런 면에서 책을 되도록 많이 팔아 주는 것이 좋다. 창비에 근무하면서 언젠가는 '내가 만난 베스트셀러 저자들'을 써 볼 생각이었는데 이제는 어려워진 것 같다. 아마 창비에 계속 근무했으면 지금쯤은 인물 선정이 끝났겠지만 지금은 그런 작가들을 만날 기회가 없다.

"나는 한 번도 좋은 딸인 적 없다"는 신현림 시인은 책에서 어머니의 73번째 생일에는 고심 끝에 이북 사람인 어머니가 좋아하시던 함흥냉면을 완벽하게 준비해 어머니 무덤 앞에 놓아 드렸다고 했다. "엄마가 있어 참 좋다. 더 가까이 있으면 좋겠다. 오늘은 솜씨 발휘 좀 해봤으니까 식구들 먹다 남은 찬밥 먹지 말고 냉면 좀 드셔 보세요"라고 적힌 카드를 읽어 드렸단다.

엄마는 말이 없으셨지만 카드를 읽는 시인은 눈물이 손등에 떨어져 뜨거웠다고 했다. 함께 가서 무덤의 "풀을 뽑던 아버지의 눈시울도 빨개지셨다. 내 목소리가 엄마에게 스며들었는지 잡초들이 춤을 추듯 흐느꼈다"라는 문장이 가슴을 울렸다.

다행히 내 어머니는 살아 계신다. 동생은 남산에 모시고 가자지만 아무래도 오르막은 힘들다. 더구나 휠체어도 없다. 그래서 나는 왕산해수욕장에 가자고 했다. 함께 가서 조개를 구워 먹고 회도 먹어야겠다. 어머니와 연애를 제대로 하기 위해서라도 빨리 운전을 배워야 할 것 같다.

작은 이벤트를 벌이다

| 2011. 05. 09 |

어제 어버이날이라고 두 동생이 가족들과 올라왔다. 시어머니가 병중이라 고생하고 있는 여동생은 생질을 통해 꽃과 선물을 보내왔다. 평택의 동생은 일을 하느라 오지 못하고, 부산의 동생은 전화만 걸어왔다. 어버이날이 마치 거대한 축제라도 되는 것 같았다. 새벽에 서평을 써서 보낸 나는 식구들을 데리고 인천공항 근처의 왕산해수욕장으로 갔다. 처음 어머니와 해변을 걸어 보았는데 어머니는 소녀처럼 기분이 좋으신 듯했다. 여러 번 갔던 식당에서 회와 조개구이를 시켜 점심을 먹었다.

오후 2시 반쯤 한 동생은 바로 집으로 가고, 대전 동생은 어머니와 나를 집에다 데려다주고 곧바로 내려갔다. 오후부터 『빌딩부자들』(성선화, 다산북스), 『강남부자들』(고준석, 흐름출판)을 읽기 시작했다. 잡지에 연재하는 '한기호 책동네 이야기'의 원고를 쓰기 위해서였다. 소설처럼 꼼꼼하게 읽은 것은 아니었지만 읽는 내내 내 성향과 달라 마음이 불편했다. 그래서 오후에 프로야구를 보기도 하고, 어머니와 드라마도 보면서 빈둥거리다가 밤늦게야 책을 들었다. 다시 살펴보니 올 봄의 재테크 시장과 한국 경제의 동향을 제대로 읽게 해 주는 책이었다. 나는 오늘 새벽에 서평 원고를 완성했다.

어제 내내 기분이 좋으신 어머니를 보고 앞으로 자주 밖으로 모셔야겠다는 생각을 했다. 그러기 위해서는 내 생활태도부터 바꿔야 할 것이다. 무엇보다 주말에 일을 줄여야 한다. 그러나 과연 줄일 수 있을까? 하지만 바꿔야 한다. 사람의 행복이란 무엇일까? 남에게 감동을 주는 작은 이벤트라도 꾸준히 벌여야 한다. 그제 읽은 신현림 시인의 『엄마 살아계실 때 함께 할 것들』이 그런 가르침을 제대로 알려 주고 있다.

어머니의 이중성

| 2011. 05. 30 |

목요일부터 일요일까지 금요일에 잠시 회사를 '다녀온' 것을 제
외하고는 4일 동안 어머니하고만 지냈다. 술은 한 방울도 입에 대
지 않았다. 이런 경험이 어머니를 더 깊이 이해하게 된 것 같다.
어제는 마트에 가서 10만 원어치 장을 봐 왔다. 모두 어머니를 위
해서였다. 참치의 연한 부위만 따로 팔기에 사 왔는데 점심 때 상
에 올리니 냄새가 좋지 않다는 둥 계속 투덜거리셨다. 나는 빨리
밥을 먹고 책상 앞으로 와 버렸다. 그러자 어머니는 한 점 남기
지 않고 다 드셨다.

특별한 것을 상에 올리면 자식을 위하는 마음부터 앞서지만
당신 입에 맞는 것은 잘 드신다. 내가 드시고 싶은 것이 없냐고
여쭈면 정말 아무것도 없다고 하시지만 그런 말을 하는 것은 자
식 주머니를 먼저 배려해서이다. 나는 그 마음을 이용해 어머니
가 적당히 몸을 움직이시도록 한다.

어머니는 국수나 라면을 먹는 것은 한 끼 식사라 여기지 않으
신다. 그러니 오로지 밥이다. 아마도 어릴 때 가마솥에 시래기나

콩나물 등을 넣고 멀건 죽을 끓인 경험이 많아 그런 생각을 하시는지도. 늦가을에 추수가 끝난 들판에서 남은 벼이삭을 줍던 경험을 떠올릴 수 있는 사람이라면 어머니의 마음을 이해할 수 있을 것이다. 나는 죽이 먹기 싫어 국수를 좋아하게 되었지만 말이다.

어제는 어머니와 함께 드라마를 보다가 자식 결혼을 끝내고 남편이 아내 발을 주물러 주거나 물심부름을 하는 장면을 보면서 "엄마는 많은 자식을 결혼시키느라 얼마나 고생이 많았어?"라고 여쭈니 "어떻게 지냈는지 아무 생각이 나지 않는다"고 말씀하셨다. 내가 일부러 형제들에 대해 지청구를 늘어놓으면 어머니는 대신 변명하기 바쁘시다. 동생은 내게는 미안해서 전화를 잘 하지 않지만 다행히 어머니께는 자주 전화를 한다.

노인이 하루 종일 혼자 계시면 우울증이 도져 위험하다는 말에 오직 어머니만 생각하며 4일을 지내다 보니 어머니의 '이중성'을 확신하게 안 것 같다. 알다가도 모를 것이 사람 속이라지만 어머니를 아직도 잘 모르겠다. 기름기가 많은 것을 드시면 설사를 하시는 등 고생을 하시지만 그래도 열심히 드신다. 아직도 자식을 위해 당신의 욕망을 누르고 계시는 것은 분명하지만 그래도 젊어서 드시고 싶었던 것이 상에 오르면 잘 드신다. 몸이 좀 안좋으면 잠을 잘 못 주무시는 것도 삶에 대한 강한 애착 때문이라는 것을 확실하게 느낄 수 있다.

다행히 4일 동안 새벽마다 과일을 갈아서 드린 것도 잘 드시고 밥도 잘 드셨다. 이만하게라도 유지해서 천만다행이다.

나는 어머니에게 사랑한다는 말을 수없이 한다. 기회만 있으면 꼭 안아 드린다. 내가 진작에 이렇게만 살았으면 아마도 지금처럼 혼자가 되지 않았을 것이다. 이제 좀 더 어머니를 잘 모실 방법을 터득한 것 같다. 자신감을 조금만 더 가지면 당신을 위한 식탁을 스스로 차릴 수도 있을 것 같지만 아직은 용기를 내지 않으신다. 내가 불효자라는 소리를 듣더라도 그런 환경을 서서히 만들어 나가야 한다.

아침마다 국 끓이기

| 2011. 09. 07 |

요즘 어머니는 식사를 열심히 챙겨 드신다. 나는 어머니가 스스로 하시도록 도와드리기 위해 일부러 게으름을 피우기도 한다. 도우미 아주머니가 계실 때는 함께 운동을 하셨지만 지금은 혼자이시니 자주 몸을 움직이셔야 한다. 며느리들이 오면 꼼짝하시지 않는 어머니지만 장남에게는 늘 지신다. 새벽에 일어나 책을 읽고 글을 쓰는 일이 일상이니 당신이 나를 돕기 위해서라도 일을 하겠다는 의지를 보이신다.

나는 이 심리를 적당히 이용한다. 처음에는 설거지만이라도 하시게 내버려 두었는데 이제는 집안일을 대부분 꾸리신다. 다만 식사 때마다 국물 있는 음식이 필요한데 그게 문제다. 이것만 해도 엄청 스트레스다. 지난 주말에도 옥돔으로 국을 끓였는데 한번 드시더니 그만 드시겠단다. 연한 쇠고기로 불고기를 해 드렸는데 그것도 잠시다. 영광굴비를 구워 드리니 잘 드시고서는 같은 굴비로 찌개를 끓였더니 잔가시가 많다고 타박하신다. 그래도 밥 한 공기씩은 잘 비우신다. 어제 아침에도 찌개를 끓여 놓고 출근을 했는데 점심, 저녁은 잘 드셨다.

어제는 혈압 약을 타러 갔다. 약이 얼마 남지 않았는데 추석 연휴가 다가오니 미리 준비해야 하지 않냐고 어머니가 먼저 챙기셨다. 내가 약봉지를 챙기니 웬일로 약값을 주신다. 동생들이 용돈으로 드린 돈이다. 한 번도 받은 적이 없었는데 오늘 처음으로 만 원을 받았다.

어머니의 몸살

| 2011. 09. 18 |

새벽 6시면 어김없이 일어나서 밥을 안치시던 어머니가 오늘은
일어나지 못하셨다. 대신 나보고 밥을 하라고 말씀하셨다. 간밤의
일교차와 동생의 입원 등 심리적인 요인이 큰 것 같다. 나는 안방
의 창문을 모두 닫고 두꺼운 이불을 꺼내 덮어 드렸다. 어머니를
위해 새로 찌개를 끓여 아침상을 차리니 드시지 않겠다고 하다가
결국 내 손에 이끌려 상에 앉으셨다. 다행히 밥 한 그릇을 뚝딱
비우신다. 연한 등심을 구워 밥숟가락에 올려 드렸더니 몇 번 드
시고는 그만 올리리라고 채근히신다. 오늘 중에는 몸살이 다 나
으셔야 할 텐데 걱정이다.

요리 스트레스

| 2011. 10. 20 |

어제 직원들하고 점심을 먹은 뒤 시장에서 장을 보는 사람이 있
냐고 물었더니 없다고 했다. 주부처럼 장을 보는 것은 나 하나였
다. 어머니와 단둘이 지낸 지도 어느덧 9개월이다. 무나 배추의
가격이 싼 곳을 쫓아다니고 어머니의 입맛을 맞춰 드리려고 애쓴
것이 그만큼이다. 이제 이력이 날 만하지만 나는 여전히 방향을
잡지 못하고 있다. 아내와 헤어지기 전에는 특별한 음식은 내가
요리하곤 했다. 나는 어려서부터 자취를 했기에 요리의 임기응변
에 능하다.

한번은 친구들과 바다낚시를 간 적이 있다. 배 위에서 우럭이
나 놀래미 회는 실컷 먹었지만 입이 텁텁했다. 그때 선장이 갖고
있던 고추장 하나만 가지고 내가 매운탕을 끓였다. 친구들은 감
탄했다.

그런 내가 요즘 힘을 잃었다. 혀가 갈라져 매운 것을 드실 수
없고, 잇몸이 닳아 제대로 씹을 수 없으며, 생선의 비린내마저 싫
어하시는 어머니를 위해 국물 있는 음식을 해 대기가 너무 힘들

기 때문이다. 이만한 스트레스도 없다. 일 하시는 도우미 아주머니들이 못 견디시는 이유를 알 것도 같다.

어제도 망원시장을 돌다가 아무 것도 사지 못하고 횟집에 들러 소주나 마셨다. 옆자리에서는 망원동에서 부동산업을 하시는 분과 주인이 술을 마시고 있었는데 그들과 세상 사는 이야기를 많이 나눌 수 있었다. 덕분에 술과 회를 덤으로 많이 얻어먹기도 했다. 앞으로 그 집에 자주 가게 될 것 같다. 집으로 돌아오는 길에 홍시만 사 들고 왔다.

아침에 어머니는 된장찌개를 놓고 타박을 하셨다. 무엇을 넣었는지를 정확하게 아셨다. 그래서 나는 오늘 아침에도 그냥 힘이 빠져 넋을 놓고 말았다.

도우미 아주머니

『서른 살이 심리학에게 묻다』(갤리온)를 비롯해 여러 권의 베스트
셀러를 펴낸 정신분석 전문의 김혜남은 2001년 마흔세 살에 파
킨슨병 진단을 받았다. 병원을 개업한 지 1년이 채 안 되었을 때
였다. 환자를 돌보는 의사이면서 두 아이의 엄마이자 시부모님을
모시고 사는 며느리로 누구보다 열심히 살아온 그녀는 자신에게
들이닥친 불행을 받아들일 수 없었다. 너무 억울하고 세상이 원
망스러웠지만 그녀는 떨치고 일어났다. 병은 초기 단계라 진료와
강의는 계속할 수 있었다. 하지만 2014년 초부터는 병이 악화되
어 치료에 전념하느라 병원 문을 닫고 그녀는 지난 3월 『오늘 내
가 사는 게 재미있는 이유』(갤리온)를 펴냈다. 가끔씩 힘들고 외로
운 사람들에게 꼭 해 주고 싶은 이야기를 담은 이 책의 「내 말에

귀 기울여 주는 사람이 있다는 것, 그 행운에 대하여」라는 장에서 그녀는 이렇게 말한다.

"우리는 모두 자신의 이야기를 들어 줄 사람을 필요로 한다. 누군가 나의 말에 진지하게 귀 기울여 줄 때, 우리는 자신이 중요한 사람이며 이런 일을 겪는 자신이 결코 이상한 사람이 아니라는 것을 확인하고 안심한다. 그리고 상대방이 도움이 될 만한 조언을 해 주지 못하더라도 그저 관심을 가지고 들어 주면 내 이야기를 쭉 풀어 놓으면서 스스로 문제를 정리하고 해법을 찾아간다. 더구나 자신을 이해하고 공감해 주는 사람이 있다는 사실은 이 차가운 지구별을 살아가는 사람들에게 한 줄기 빛이 된다. 누군가가 이야기를 들어 주고, 고개를 끄덕여 주고, 손잡아 주면 비록 문제가 해결된 게 아니더라도 다시 살아갈 힘을 얻게 되는 것이다."

어머니가 내게 오시던 즈음에 나는 너무 힘들었다. 2009년 초 블로그를 새로 시작하고서는 하루에 책 한 권을 읽고 서평을 올리는 일을 날마다 했다. 일본의 정보공학자 마쓰오카 세이코가 하는 걸 모방한 것인데 바쁜 와중에 그 일이 쉽지가 않았다. 또 그해 9월 초부터 네이버에 '베스트셀러 30년'을 연재하기로 약속했기에 자료 준비를 하느라 너무 바빴다. 그리고 가을부터는 〈학교도서관저널〉 창간 준비에 여념이 없었다. 〈학교도서관저널)은 2010년 3월에 창간호를 펴냈다. 그러나 한꺼번에 많은 사람이 모여 일을 하니 사소한 일로 다투는 일이 자주 발생했다. 하필이면 그때, 내가 사업을 시작한 이후부터 늘 내 이야기를 들어 주던 친구는 투병 중이었다. 그러니 나는 늘 혼자였다. 나는 소주 두 병을 들고 한강에 나가서 홀로 깡소주를 마시곤 했다. 자기 연민에 깊이 빠진 나는 어머니마저 팽개친 것이나 마찬가지였다.

다행히 어머니 옆에는 도우미 아주머니 조 여사가 계셨다. 조 여사는 연변 출신의 젊은 여성 사업가가 소개해 주었다. 환갑을 갓 넘긴 그녀는 어머니를 어린아이처럼 다루었다. 밥을 먹지 않으려 하면 달래서 억지로라도 먹이고, 날마다 함께 아파트를 몇 바퀴나 돌았다. 목욕도 시켜 주고 가끔은 미장원에 가서 머리도 다듬어 주었다. 병원에도 자주 모시고 갔지만 가장 중요한 것은 어머니가 드시던 수많은 종류의 약을 정리해 혈압 약만 드시게 만들었다는 점이다. 어머니를 모신다고 큰소리를 쳐 놓고도 미망에 빠진 내가 어머니에게 아무런 신경을 쓰지 못할 때에 도우미 아주머니는 어머니의 친구가 되어 주셨다.

김혜남은 앞의 책에서 또 이렇게 말한다.

"정신 치료에서 자주 쓰는 말이 있다. 'No comment is better than any comment.' 굳이 풀자면 아무 말 안 하고 가만히 들어주는 것이 그 어떤 말을 해 주는 것보다 더 도움이 된다는 말이다.

(중략) 하지만 듣는 작업은 그리 쉬운 일이 아니다. 중간에 참견이나 비판을 하지 않는 것도 힘들고, 듣는다는 자체가 많은 에너지를 필요로 하는 작업이기 때문이다. 그래서 정신과 환자들도 환자를 볼 때 한 시간에 열 명을 보는 게 더 쉽지, 한 명의 이야기를 집중적으로 듣는 게 더 어렵다는 이야기를 한다. 그러므로 만약 당신에게 그런 사람이 있다면 당신은 굉장한 행운아다."

그렇다. 어머니나 나나 도우미 아주머니가 계셨으니 '행운아'였다. 도우미 아주머니는 2년째가 되었을 때 파킨슨병에 걸린 남편을 돌보러 연변으로 돌아가셨다. 그동안은 딸이 남편을 돌보았는데 딸이 아들의 미국 유학길에 동반해야 하기 때문에 어쩔 수 없다고 했다. 2년 일하는 동안에 잘못된 투자로 인한 빚도 모두 갚았다고 했다. 조 여사는 자신을 믿고 모든 일을 맡겨 주어서 고마웠다며 내게 조그만 선물을 안겨 주기까지 했다. 장을 보고 집안 살림에 대해 참견하지 않는 것은 내 습관이다. 나는 회사에서도 일계표를 들여다보지 않는다.

그때 아주머니는 연변에서 내과병원의 과장으로 일하다가 정년퇴직을 했다는 사실을 털어놓으셨다. 우리 집에 오시기 전에는 직장에 다니는 부부를 위해 아이를 돌봐 주시는 일을 했는데 어머니와 함께 지내는 동안 정말 행복했다고 하셨다. 그러면서 후임으로 자신의 사촌 여동생을 소개해 주셨다. 사촌 여동생이라는 분 말고도 그 이후에도 다른 이에게서 두 분을 더 소개받았지만 모두 어머니하고 친하게 지내지 못했다. 나중에 안 이야기지만 사촌 여동생은 힘겨운 육체노동을 해야 하는 여관이 편하다며 그 쪽으로 옮기셨다고 했다.

마지막에 계셨던 도우미 아주머니는 가족이 대림역 근처에서 살고 있었다. 원래는 입주해서 지내기로 했지만 대림역이 우리 집이 있는 당산역에서 네 역만 가면 되는 곳이라 나는 망설일 수밖에 없었다. 주말에는 쉬니 집으로 돌아가면 되지만 지척에 가족을 두고 따로 잠을 자게 하는 것이 야박한 일로 여겨졌다. 그래서 새벽에 일찍 오셨다가 어머니 저녁만 해결하면 집으로 돌아가는 출퇴근을 권했다. 그랬더니 차비가 적지 않게 든다고 했다. 나는 매달 차비 10만 원을 더 주기로 했다.

그런데도 그 아주머니는 어머니와 크게 싸우는 바람에 몇 달을 버티지 못하고 떠나셨다. 그 아주머니가 떠나시기 직전에 나는 어머니에게 조용히 여쭤 봤다. 어머니는 '그 여자가 낮에는 비어 있는 방에 들어가 잠만 잔다'고 했다. 저녁에 밥을 먹기 싫어 주춤하면 싫으면 관두라 하고 서둘러 집에 가 버린다고도 했다. 아들이 힘들게 번 돈을 거저먹으려는 것 같아 싫으셨다는 것이었다. 왜 진작 말씀하시지 않으셨냐고 여쭈니 바쁜데 신경 쓰게 하고 싶지 않으셨다는 것이다.

그 아주머니는 투잡을 하고 계셨던 것으로 보인다. 저녁에 다시 출근해야 하니 서둘러야 했고 그것이 결국 사달을 낸 것이었다. 그 말을 듣고 나는 어머니와 단둘이 지내 보기로 했다. 내가 어머니를 너무 모르고 지냈다는 것을 절감했기 때문이다. 그 일은 엄청난 용기가 필요했지만 몇 달 지내면서 어머니가 파악되면 어머니 성격에 맞는 다른 도우미 아주머니를 모시면 된다는 생각이었다.

나는 칭바지 몇 벌과 티 여러 장을 샀다. 다림질하는 시간부터 벌 요량이었다. 약속이 없을 때에는 되도록 집에서 일할 생각도 했다. 그 결정이 결국 내가 어머니를 이해하고 어머니가 스스로 자존감을 지키며 살아가시는 데 결정적인 계기가 됐다는 것은 나중에 알게 됐다.

나는 평생 사랑한다는 말을 입 밖에 내지 않았다. 헤어진 아내와는 얼떨결에 결혼을 하는 바람에 그럴 시간이 없었고 두 딸에게도 마찬가지였다. 그러나 지금은 자주 어머니를 안아 드리고, 뺨에 뽀뽀도 해 드리고, 사랑한다는 말을 한다. 처음에 어머니는 쭈뼛거리며 거부하셨지만 지금은 자연스럽게 받아들이신다. 외국에 있는 딸과 카톡을 할 때도 늘 사랑한다는 말을 잊지 않는다.

언젠가 혼자 아침에 출근하기 전에 멍청하게 TV를 켜놓고 다림질을 하고 있는데 아침드라마에서 "행복이란 별건가. 그저 함께 밥 먹어 주는 사람이 있으면 그게 행복이지!"란 대사가 나왔다. 그때 나도 모르게 눈물이 흘러내렸다. 어머니와 함께 언제까지나 이 행복을 누리고 싶을 뿐이다.

김혜남은 앞의 책에서 "정말이지 가 보지 않으면 모르는 게 인생이고, 끝까지 가 봐야 하는 게 인생이다"라고 말했다.

어머니를 잘 안다고 생각했지만 늘 내가 가장 모르는 분이 어머니라는 생각이 든다. 그저 앞으로의 인생길을 묵묵히 정말 오래도록 어머니와 걸어가면서 어머니를 알아 가고 싶다.

간병 일기
2

2012. 01. 05~2012. 12. 03

홀로 선 아이마냥

| 2012. 01. 05 |

내가 연수 가 있는 동안에 어머니를 모시기로 했던 동생은 결국 병원으로 실려 갔다. 하지만 나는 동생보다 어머니가 걱정돼 집으로 쫓아왔다. 어머니는 처음으로 혼자서 하룻밤을 보내셨다. 미안하다고 말씀드렸더니 "네 일이 바빠서 그런 걸 어떡하느냐"고 말씀하신다. 걸음마를 하다가 홀로 선 어린아이를 본 것 이상으로 의연해지신 어머니가 대견하다. "문 걸어 놓고 자면 이 늙은 것을 누가 잡아가겠냐!"고 말씀하시면서도 "추어탕을 다섯 끼 먹으니 질리더라"며 웃으신다. 동생과 함께 드시라고 잔뜩 끓여 놓은 것이 다행이었을까? 나는 미안해서 소고기 무국을 끓여 저녁상을 차렸다. 저녁을 먹고 설거지를 하시는 어머니를 뒤에서 꼭 안아 드리며 사랑한다는 말을 몇 번이나 했다.

나를 울린 시

| 2012. 02. 09 |

어제 창비인문학카페에 들렀다가 인터뷰를 하고 계신 이시영 시인을 만났다. 나는 25살 때 34세인 시인을 만나 '(편집)부장님'이라고 불렀다. 얼마 뒤 '주간님'이라고 부르다가 나중에는 '부사장님'이라고 불렀다. 그리고 창비를 떠나는 게 확정된 날부터 나는 '선생님'이라고 부르기 시작했다. 그날 술을 마시지 못하셨던 선생님은 저녁만 사 주시고 도화동 놀이터의 시소에 나란히 앉아 당신 곁을 떠나는 내게 많은 이야기를 해 주셨다. 선생님은 "네가 베스트셀러를 만들었던 경험은 앞으로 너에게 많은 힘이 될 것이다. 그러니 절대 기죽지 말고 열심히 살아라!"고 말씀해 주셨다. 베스트셀러를 어찌 나 혼자 만들었겠는가! 같이 공들여 만든 것이었는데 아무튼 많이 고마웠다.

어제 선생님은 새 시집 『경찰은 그들을 사람으로 보지 않았다』(창비)에 사인해 주셨다. 새벽에 글을 올린 후 이 시집을 읽다가 여러 번 울 뻔했다.

어머니 앓아누워 도로 아기 되셨을 때

우리 부부 출근할 때나 외출할 때

문간방 안쪽 문고리에 어머니 손을 묶어두고 나갔네

우리 어머니 빈집에 갇혀 얼마나 외로우셨을까

돌아와 문 앞에서 쏠어내렸던 수많은 가슴들이여

아가 이기 우리 아가 자장자장 우리 아가

나 자장가 불러드리며 손목에 묶인 매듭 풀어드리면

장난감처럼 엎질러진 밥그릇이며 국그릇 앞에서

풀린 손 내밀며 방싯방싯 좋아하시던 어머니

하루종일 이 세상을 혼자 견딘 손목이 빨갛게 부어 있었네

　　　　　　　　　—「어머니 생각」

　내가 어머니를 위해 아침에 찌개를 끓여 놓고 나가면 어머니
는 하루 종일 밖에 나가지 않으시고 그 맛없는 찌개를 드신다. 어
떤 때는 찌개가 너무 맛이 없어 물에 말아 밥을 드신다. 손을 묶
어 둔 것은 아니지만 하루 종일 외롭게 지내시는데도 나는 술에
취해 새벽에 귀가하기 일쑤였다.

　「그곳이 바로 내 고향」이란 제목의 시를 읽으면서는 창비에
15년 동안 근무하면서 선생님과 함께한 무수한 술자리가 생각났
다. 술에 빠져 살던 그 시절에도 참으로 치열하게 살았다. 이 시의
마지막 구절은 조태일 시인의 시를 염두에 두고 쓰셨다는데 이미

작고하신 조태일 선생님과 함께했던 술자리를 생각하니 눈시울
이 뜨거워졌다.

> 강한 거센 빗줄기 사이로 어떤 뼈아픈 후회가 달려오누나
> 그때 내가 그 앞에서 조금 더 겸허했더라면
> ─「생(生)」

짧은 두 줄의 시에 그만 가슴이 무너져 내렸다. 선생님은 소곡
주 한 잔 하자고 말씀하셨다. 그러나 약속이 있어 그냥 나오고 말
았다. 한평생 시인의 길을 걸어오신 시인의 30대 후반과 40대 모
두를 옆에서 지켜본 나도 이제 이순이 5년 남았다. '뼈아픈 후회'
가 어찌 없으리! 지난 시절이 그립기도 하고 아프기도 하다. 이제
남은 생만큼은 좀 더 겸허해져야겠다. 애써 쓰신 시를 허락 없이
올린 것은 용서해 주시리라 믿는다.

작은어머니의 방문

| 2012. 02. 27 |

작은어머니가 다녀가시고 어머니 심기가 좋지 않으셨다. 오랜만
에 만난 두 노인이 편안하게 살아가는 이야기를 하신 것까지는
좋았는데 어머니는 작은어머니가 많이 부러우신 모양이었다. 작
은어머니는 몇 달 전 양쪽 다리 관절을 수술하셨는데 딸들이 지
극정성으로 모셨다고 했다. 작은집은 위로 딸들이 주르르 있고
맨 아래에 둘만 아들이다. 하지만 우리는 6남매 중 둘째만 딸이
다. 어머니는 작은집의 딸들을 부러워한다. 작은집은 딸들뿐만 아
니라 사위들도 효성이 지극하다.

토요일에 포항에서 누가 영덕 대게 두 마리를 보내 줬다. 그
날 오후에 쪄서 어머니와 함께 한 마리를 먹었다. 나는 깐다는
핑계로 어머니가 거의 다 드시도록 했다. 일요일 아침에는 남은
한 마리를 야채와 함께 비빔밥을 만들었더니 국물이 없다고 투
덜거리면서도 잘 드셨다. 아무래도 특별한 음식을 자주 해 드려
야 할 것 같다.

책으로부터 얻는 것

| 2012. 06. 03 |

나는 김두식의 『욕망해도 괜찮아』(창비)를 "나에게 올해 최고의 책이 될 것 같다"고 말한 적이 있다. 저자 정도의 실력을 갖춘 사람이라면 대기업 친구에 붙어먹거나 정치권에 빌붙어 놀아나기 십상이다. 하지만 저자는 책을 펴낼 때마다 우리 사회가 원천적으로 품고 있는 문제에 대해서 심도있게 천착하고 있다. 『헌법의 풍경』(교양인), 『평화의 얼굴』(교양인), 『불멸의 신성가족』(창비), 『교회 속의 세상 세상 속의 교회』(홍성사), 『불편해도 괜찮아』(창비) 등의 책들은 다루고 있는 주제도 다르다.

『욕망해도 괜찮아』에는 "나와 세상을 바꾸는 유쾌한 탈선 프로젝트"라는 부제가 달려 있다. '말'과 '글'이 아닌 '살'이라는 소통 수단도 있다는 말에 성적 욕망을 맘껏 발산하자는 것으로 오해할 수 있다. 저자가 말하는 진정한 탈선에는 계층 고착화의 선을 무너뜨리는 것도 포함돼 있다. 정말 막가는 세상을 바꾸기 위해 헌신하는 저자가 과연 얼마나 될까? 그런 분이 있으면 나는 무조건 〈기획회의〉 특집을 꾸리겠다.

이 책을 읽은 후 나는 작은딸에게 구애의 전화를 자주 걸고 있다. 가난한 동네 출신으로 '살아남으려고' 발버둥 친 나는 자식들의 과외는 거부했다. '그깟 대학'이라는 언사도 자주 내뱉었다. 물론 망해 버린 대학을 나오기보다 책을 읽어 컨셉력(달리 말하면 편집력)부터 키우라는 것이었지만 딸들의 고통을 일부러 모른 척한 것이 많이 미안했다. 그런데도 내 딸은 어버이날이라고 카네이션 화분을 들고 와 "아빠 잘 만나 등록금 대출 한 푼도 없다"는 말로 나를 위로하며 힘들게 사는 자기 친구들 이야기를 해 줬다.

지난 주, 일요일에 바닷가로 놀러 가자고 말했다가 바쁜 딸의 일정 때문에 다음 주로 연기했다. 그래서 이번 주에는 어머니와 시간을 한껏 즐기고 있다.

딸 걱정 어머니 걱정

| 2012. 06. 10 |

8월이면 프랑스로 공부하러 떠나는 작은딸과 오늘 둘만의 오붓한 시간을 보내려 했으나 차가 시동이 걸리지 않아 시외로 나가는 것은 다시 다음 기회로 미뤘다. 차 사정이 두 번이나 좋지 않았는데도 딸아이는 짜증 한 번 내지 않았다. 나는 그런 딸이 너무 고마웠다. 가까운 데로 가서 점심으로 초밥을 먹고 찻집에서 몇 시간 동안 이야기를 나눴다. 진작 이렇게 편하게 이야기를 나눴으면 딸아이에게 덜 미안했을 텐데, 하는 생각에 나도 모르게 딸 앞에서 눈물을 보이고 말았다.

딸은 프랑스어능력시험 성적이 좋다고 했다. 책을 많이 읽은 아이라서 그런지 독해는 만점을 맞았단다. 큰딸이 석사과정을 끝내고 파리에서 건설회사에 다니고 있지만 작은딸은 어학연수를 프랑스의 작은 도시에서 따로 하겠단다. 어학연수가 끝나고 공부를 할 때도 혼자서 해낼 모양이다. 막상 회사를 그만두고 공부하러 떠나려니 기분이 뒤숭숭하단다. 다음 주에라도 조용한 곳에 다녀오자고 약속했다.

큰아이가 알면 섭섭하겠지만 큰아이가 공부를 하러 떠날 때는 아무런 걱정도 하지 않았고 이렇게 애틋한 마음도 없었다. 나와 같은 개띠인데다가 성질이 나와 꼭 닮아 지금도 그리 걱정이 되지 않는다. 하지만 작은아이는 아무리 의연한 척해도 눈에 밟힌다. 최근 여러 번 만나는 동안 단 한 번도 남을 원망하는 말을 하지 않는 아이다. 항상 진정으로 하고 싶은 일을 하는 것이 행복이라고 말해 주었지만 이 녀석이 잘 살아 낼까 싶다. 덕분에 오늘은 아무 일도 하지 못했다.

내 마음이 딸에게 쏠려서인지 저녁에 어머니의 상태가 좋지 않으셨다. 시골에 갔던 동생이 올라와 어머니 목욕을 시켜 드리는 동안 내가 국과 찌개를 준비해 저녁을 먹는 것까지는 괜찮았는데 저녁을 드시자마자 바로 누우셨다. 한 번도 빼놓지 않고 보던 주말드라마를 보지도 않고 등을 돌리고 누워만 계셨다. 요즘 어머니가 점차 쇠약해지시는 것 같아 안타깝다.

가족에 대한 이야기

| 2012. 06. 12 |

내가 20대 중반에 만난 김주영 선생님은 매우 신의가 있으셨다. 계약서 한 번 쓰시지 않았지만 한 번 말한 것은 무조건 지키시는 분이었다. 『객주』 8권이 나온 다음 회사 직원들과 야유회를 다녀온 적이 있었는데 그때 나는 인간 김주영에게 깊이 빠졌다.

최근 우연히 텔레비전에서 김주영 선생님이 인터뷰를 하시는 것을 보게 됐다. 『잘 가요 엄마』(문학동네)를 쓰는 동안 "이런 것까지 써야 하는가에 대한 비애감이 컸다"고 하셨다. 그래서 어제 딸을 만나러 회사에 가면서 책을 찾아 집에 돌아왔다. 하지만 소설은 어제 오후부터 읽기 시작했다. 일찍 귀가하면서 사 온 만두로 저녁을 때우고 끝까지 완독할 만큼 소설은 내게 매우 감동적이었다.

김주영 선생은 "줄거리를 쓰는 옛날 작가"라고 겸손해하셨다. 하지만 이게 정말 사실일까 싶을 정도로 솔직하게 쓰셨다는 것을 절감할 수 있었다. 월사금을 6년 동안 한 번도 못 내서 늘 벌을 서고, 도시락을 싸지 못해 소풍을 못 간 옛이야기 정도는 내게도 있다. 김밥은커녕 도시락에 달걀부침 하나 덮지 못한 맨밥 도시락을 갖고 소풍을 가곤 했으니 말이다.

1998년에 발표한 『홍어』(문이당)는 유부남이면서 가정을 꾸렸다가 홀연히 사라진 친부와 얽힌 어머니의 이야기다. 친아버지에게서 버림받은 상처를 그렸다고 볼 수 있다. 『잘 가요 엄마』의 끝부분에도 어머니가 오빠를 살리기 위해 희생하는 이야기가 잠시 나오면서 '유력자'였던 친부가 잠시 등장한다. 하지만 『잘 가요 엄마』는 새아버지의 등장으로 인한 좌절감과 수치감에서 벗어나기 위해 방황하던 어린 시절의 이야기가 뼈대이다.

작가는 어머니의 죽음 이후에야 드디어 어머니라는 존재의 실체를 정확하게 깨닫게 된다. 73세에야 어머니에 대한 진솔한 이야기를 쓴 작가 김주영은 이 책이 "어머니에 대한 참회록"이라고 했다. 소설은 한때 원망을 넘어 저주까지 했던 어머니와 화해하는 과정을 담담하게 그리고 있다. 외사촌 누이가 친누나였다는 사실, 어머니가 가출한 자식을 찾지 않고 제3자를 통해 몰래 도왔다는 사실 등은 충격적이다. 어머니의 사랑이 어디까지 미치는가를 이 소설은 제대로 보여 주고 있다.

내 어머니는 내게 오신 지 3년 반이 넘었다. 어머니는 장남밖에 모른다. 어떻게 하면 장남에게 해가 되지 않을까를 생각하다 보니 다른 자식이나 손녀들에게까지 경원의 대상이 되기도 한다. 나는 『잘 가요 엄마』에서 그런 내 어머니의 모습을 읽을 수 있었다. 이 소설은 결코 남의 이야기가 아닌 내 이야기이기도 했다. 나는 과연 이렇게 밑바닥까지 드러내며 가족 이야기를 쓸 수 있을까? 글쎄다. 하여튼 김주영 선생님의 용기에 박수를 보낸다.

〈기획회의〉 322호는 작년 7월 2일 작고한 '출판평론가 최성일' 특집으로 꾸릴 생각이다. 어제 특집에 포함될 '최성일의 일기'를 읽으면서 내가 얼마나 무심한 인간인가를 절감하고서는 치를 떨었다. 나는 지금까지 크게 아픈 적이 없다. 그래서 주위 사람들이 얼마나 고통 받는지에 대해서는 너무나 무감각했다.

잠정적인 최종 진단이 '악성 신경교종'으로 나온 2004년 3월 11일의 일기에서 최성일은 "수술에서 전두엽을 모두 들어낸다는 것이 충격이다. 그런데 그 결과로 오른손 불구, 언어장애, 추상적 사고 불능 등의 장애가 개진된 것이지만 아무렴 어때. 헌데 ○○○ 레지던트의 양자 택일식 논리는 정말 충격이었다. '맨 정신으로 2년을 살 건가, 바보로 10년을 살 건가' 이것은 잘못된 논리다. 나는 지금 선택의 여지가 별로 없다. 과연 현재의 말끔한 정신 상태를 2년이나 유지할 수 있을까? 시시때때로 밀려오는 간질 발작의 공포는 어찌하고"라고 쓰고 있다.

나는 2010년 가을에 최성일에게 원고 청탁을 하고 다른 매체에도 연결해 주었다. 그때 그는 이미 암세포가 전두엽을 덮어 기억 능력을 상실하고 있었다. 그런 사람을 정상인으로 바라보고 있었던 내가 정말 한심했다. 내가 그렇게 생각한 데는 자신의 상태를 솔직하게 이야기해 주지 않은 최성일의 책임도 없지 않다. 그렇다고 해도 너무나도 무심했던 내 죄가 씻기지는 않지만. 어제 그의 일기를 읽으면서 너무나 가슴이 아팠다.

일을 선택하면 사랑은 포기?

| 2012. 07. 03 |

월요일은 늘 바쁘다. 6월 30일이 토요일이라 7월 2일은 월말이자 월초의 역할을 하느라 다들 바빴을 것이다. 연구소도 그랬다. 〈기획회의〉 323호 마감에 정신이 없는 사람, 일본 출장 때문에 일을 챙기는 사람, 주문과 상반기 부가세 등 온갖 잡무에 정신이 없는 사람. 다들 정신이 없었다.

유학 가는 작은딸이 서류를 부탁했다. 보증인의 소득증명서, 납세증명서, 통장잔액증명서 등을 해 달라는데 내가 유학 가는 것도 아닌데 이런 것을 해야 하는 이유는 뭘까? 그나마 나는 바로 해 줄 수 있어 다행이었지만 돈이 없는 사람은 유학도 갈 수 없다. 저녁은 서류를 가지러 회사로 온 딸과 함께 먹었다.

귀가하니 8시 30분이었다. 어머니는 일일드라마에 열중하고 계셨다. 하루 종일 혼자 계시는 어머니가 챙겨 보시는 드라마라도 있다는 것을 다행으로 여겨야 할까? 멍청히 같이 앉아 보는데 그저 답답하기만 했다. 요즘 드라마들이 억지로 갈등을 유발시켜 시청률이나 올리려는 것 같아서 말이다.

어제 오후에는 이주향의 『그림 너머 그대에게』(예담)를 읽었다. 〈경향신문〉에 '그림으로 읽는 철학'이란 제목으로 1년 동안 연재했던 것을 묶은 책이었다. 1부 제목이 '사랑, 세상을 변화시키는 힘'이다. 연애에세이 첫 원고 마감이 5일이라 그전에 사랑과 연애에 대한 책을 되도록 많이 읽고 정리해 볼 생각에 책을 읽었다. 책을 읽을 때는 많은 부분에 밑줄을 그으며 내 생각도 따로 정리하는 식이다.

"그런데 그거 아십니까? 사랑할 사람이 없다며 사랑하지 않는 자는 대부분 콧대 높은 사람이라기보다 콤플렉스에 사로잡혀 있는 사람이라는 사실을. 현실 속의 여자를 미워하며 신뢰하지 못하는 남자는 실상은 자신의 남성성을 믿지 못하고 있는 겁니다. 그 콤플렉스 속에서 제대로 타오르지 못한 열정은 병이 됩니다. 세상에 혼자 버려진 느낌, 혹은 높은 탑에 갇혀 있는 답답한 느낌을 앓고 있는 거지요."

"꽃이 질 거라고요? 지는 것이 무서워 정 주지 못 하겠다고요? 그거, 아십니까? 영웅이 감동을 주는 건 마지막 순간을 살기 때문이고, 꽃이 아름다운 건 지기 때문이라는 사실을! 마지막 순간을 산다는 건 뒤를 남기지 않고 산다는 뜻이고, 진다는 건 온 힘을 다해 피었다는 뜻일 테니까요. 온전히 피어나면 시들어 죽는 게 두렵지 않습니다. 충분히 사랑하면 좋은 이별을 할 수 있습니다. 존재 이유를 실현하면 집착이 남지 않는 법이니까요."

요즘은 이런 글에 나도 모르게 밑줄을 긋는다. 나를 우연히 만나는 여성들은 "사람은 좋아 보이는데 과도한 열정이 부담스럽다"고 말한다. '과도한 열정'이라고? 그럼 열정을 버린 삶은 옳은가? 그러니 나는 사랑할 자격도 없는가? 그런 여자들은 내가 일을 버리고 자신을 위해 헌신해 주기만을 원한다. 사랑을 얻으려면 일을 버려야 한다. 그러니 결국 사랑을 포기해야 하는 것일까? 나는 영웅은 아니지만 마지막 순간까지 열정적으로 살 자신은 있다.

가끔씩 오른팔에 약한 통증이 있어 어제 오랜만에 단골 한의원에 갔다. 의사는 허리 상태부터 물었다. 허리는 괜찮다고 하니 오른팔을 이리저리 돌려 보고는 오십견이란다. 그래서 침을 맞았다. 아직은 초기니까 팔을 많이 움직이란다. 몸이 망가지는 순간까지 열정적으로 살 수 있을까?

약해지는 마음

| 2012. 07. 15 |

어머니는 하룻밤을 앓으시더니 다행히 일어나셨다. 세탁기를 돌려 놓고 낮잠을 자고 나니 어머니가 빨래를 모두 널어 놓으셨다. 저녁에는 밥을 먹고 음식 쓰레기를 버리고 오니 설거지를 하고 계셨다.

그동안 압력밥솥이 말썽이었는데 어머니의 기분을 전환시켜 드리려고 오후에 하이마트에 가서 28만 원짜리 밥솥을 사 왔다. 자동세척을 하고 감자를 쪄 먹어 보았다. 저녁 밥상에서는 어머니와 마주앉아 사용법을 알려 드렸다.

저녁에 드라마를 함께 보던 중 어머니는 동생 이야기를 꺼내셨다. 예전에 아팠던 이야기부터 이번에 겪은 이야기까지 나는 멍청히 듣기만 했다. 1년에 한두 번 술만 퍼마시는 병. 이번에는 공사장에서 함께 일하던 사람이 낙상해서 하반신 마비가 된 것이 계기라는데 자세한 사정은 알 수가 없다. 일단 병원에서 정신을 차려야 자초지종을 알 것이지만 마음이 약한 동생의 속마음을 다른 형제들은 알아줄까.

원고를 3개나 써야 하는데 선뜻 내키지 않았다. 그나마 다행인 것은 콘셉트는 모두 잡아 놓았고 책도 읽어 두었다는 점이다. 하지만 이제 이런 일도 그만하고 싶다. 조용히 내가 쓰고 싶은 책을 써도 그만인 것을 출판트렌드가 다 무슨 소용일까? 내가 머리 짜 내 써 낸들 세상에 도움이나 될까? 출판사에 근무한 것 빼고 연구소도 15년쯤 운영하다 보니 내성이 생긴 것이 다행일까?

최근 내 강좌를 들은 어떤 이는 "안타까웠던 게, 소장님이 짚어 주시던 기획의 방향이나 틀대로 도서들이 성공하는 것을 보면서도 정작 소장님의 책들은 그렇게 많이 팔리지 않던 거였습니다. (전문서니까 그렇다 하더라도) 본격적으로 기획 회사를 하나 차리시던지, 아니면 방대한 네트워크를 통해 윈윈이 될 수 있는 새로운 사업 모델이 탄생할 수도 있을 것 같습니다. 많은 고민이 필요하겠지만요. 요즘 『인포프래너』(더난출판사)라는 책을 읽으면서 딱 소장님 생각이 났는데요, 출판 인포프래너로서 본격적으로 활동해 보실 생각은 없으신지요?" 하고 물었다. 이런 이야기는 오래전부터 들었다. 한 후배는 내게 이와 비슷한 조언을 했지만 내가 때가 아니라 하자 이제는 나타나지도 않는다.

어제 블로그에 올린 글에 한 분이 "소장님, 저는 소장님 개인이 행복해야 어머니도 행복하다고 생각합니다. 아무리 바쁘셔도 친한 친구와 밥도 먹어야 하고 새로운 인연도 만드셔야 한다고 강력히 주장하는 바입니다. 어머니 모시는 소장님이 너무 멋지지만. 그리고 책으로 세상을 밝히는 것도 너무 존경스럽지만 저는 개인의 행복이 국가의 행복이라고 믿는 사람이거든요"라는 비밀 댓글을 남겨 놓으셨다. 나의 행복? 그게 뭘까? 나는 정말 바보 같은 삶을 사는 것은 아닐까?

그리고 페이스북으로 한 분이 "혹시 당혹하실끼 봐 메모 먼저 보냅니다. 옥수수 한 자루 보냅니다. 맛있게 나눠 드시길. 서점을 하는 저로서는 늘 마음의 빚을 지고 살기에 고마운 마음을 대신합니다. 상의도 없이 보내서 죄송합니다만 부담 없이 드시면 고맙겠습니다. 오늘 사무실로 발송합니다. 언제나 좋은 말씀 고맙습니다"라는 메시지를 남기셨다. 무척 고맙다. 내가 잘한 일도 없는데 이런 대접을 받을 때면 늘 미안할 뿐이다.

요즘 무엇이 옳은 삶인지 자주 헷갈린다. 좀 쉬고 싶다는 생각만 점차 깊어진다.

양파 껍질을 까는 삶

| 2012. 07. 22 |

오늘 이불 빨래를 했다. 몇 달째 그냥 덮고만 자던 이불을 빨고 나니 내 몸이 다 개운한 것 같았다. 오후에는 영등포에 가서 장을 봤다. 이제 일요일에는 마트가 문을 열었는지 확인해 보고 장보러 가야 한다. 그렇다고 시장에 가도 살 것이 없다. 어머니를 위한 새로운 먹을거리를 찾아보려고 아무리 둘러보아도 마땅한 것이 없다. 씹기 힘들거나 매운 것은 못 드시니 선택의 폭이 너무 좁다.

어머니는 동생이 병원에 입원한 다음 며칠 앓으시더니 그래도 많이 좋아지셨다. 밥이라도 꼭 챙겨 드시니 그나마 다행이다. 화요일은 할아버지, 할머니 제삿날이다. 오늘 제수 몇 개는 사 왔지만 나머지는 당일 날 챙겨야 할 것 같다.

오늘은 책도 읽지 못했다. 책상 위에서 책 몇 권이 읽어 달라고 아우성치지만 여유가 생기지 않았다. 온갖 잡념이 사라지지 않는다. 원고 마감이라도 있으면 일 때문에라도 딴 생각을 할 여유가 없을 텐데 여유가 생기니 잡념만 늘어난다. 친구와 통화하다가 양파 껍질 까는 삶을 그만 살고 싶다고 했다. 눈이 매운 것을 참아 가며 열심히 까 봐야 결국 아무것도 남는 것이 없을지도 모른다는 불안감이 나를 괴롭힌다. 친구는 진주가 나올 수도 있다고 하던데 과연 그럴까?

'사랑 따위'에 목숨 걸다

| 2012. 07. 30 |

더위를 타시는지 어머니는 요즘 음식 타박이 느셨다. 중복이라 사 온 토종닭으로 백숙을 하려 했더니 설사가 난다는 이유로 싫다고 하신다. 냉면도 그렇다. 이러다가는 드실 음식이 하나도 없어질 것 같다. 같은 된장찌개라도 자꾸 변형을 해 보는데 왠일로 어제는 잘 드셨다. 주부가 밥만 차리는 데도 얼마나 힘이 드는지 절감하는 중이다.

어머니는 환갑 때까지 시부모를 모시느라 고생하셨다. 그러나 며느리 수발은 거의 받지 못하셨다. 불쌍한 어머니를 나라도 평생 모시고 살 수밖에 없다. 하지만 가끔은 어머니로부터 벗어나고 싶은 것이 사실이다. 8월 초에 친구가 시골로 내려오라는데 아직 마음의 결정을 못하고 있다. 8월 말에도 중국 출장이 있어 한 달에 두 번 시간을 내기가 만만찮아서다.

올림픽이 뭐라고 잠을 자는 시간이 마구 뒤틀린다. 책을 읽는 시간도 줄어든다. 심판들도 적당히 분노를 유발시키면서 사람들의 관심을 유도한다. 스포츠에서 이기고 지는 것은 찰나이다. 우리 인생도 그럴 것이다. 하지만 세월이 너무 빠르게 지나간다. 어제 드라마에서 "목숨을 걸어야 할 것은 언제든 변할 수 있는 사랑 따위가 아니라 권력"이라는 대사가 나왔다. 요즘은 돈이 권력이니 돈 버는 데 목숨을 걸어야 할까? 그러나 우리가 살아가는 힘은 언제나 사랑으로부터 나온다. 나는 '사랑 따위'에 더욱 목숨을 걸고 싶다. 그래서 연애 소설부터 열심히 읽고 있다.

내 손을 잡아 주는 이들

| 2012. 09. 03 |

2010년에 새로 시작한 일이 너무 힘들어 한강에 자주 갔었다. 강가에 혼자 앉아 깡소주를 마시며 고민을 하곤 했다. 이번 주말에 한강에 나갔다가 하늘에 뜬 보름달을 보고서야 보름이라는 것을 알았다. 구름 속을 드나드는 달만큼이나 강변을 걷는 내 마음도 푸근해져 있었다. 내가 외롭다는 생각은 전혀 들지 않았고 혼자라는 생각도 하지 않는다. 가끔 위로의 전화라도 해 주는 사람들이 있고, 열심히 일해 주는 직원들이 있으니 행복하다는 생각을 한다. 나는 그들과 함께 미래를 열어 갈 것이다.

중국에 다녀오면서 느낀 것이 있었다. 블로그 친구들이 내게는 큰 재산이라는 믿음을 확실히 알게 됐다. 새벽에 내가 올린 글에 댓글을 자주 달아 준 분과는 익숙한 친구가 되었다. 백년지기를 만난 것이나 마찬가지이다. 출판기획 일을 한다니 앞으로 서로 연락하며 도움을 줄 수 있을 것이다.

새벽에 일어나 블로그를 확인하니 반가운 글이 올라와 있었다.

"부끄럽지만 '백지연의 끝장토론'에서 선생님을 처음 알게 되어 그렇게 선생님의 책도 읽고 〈경향신문〉의 칼럼도 찾아 읽고 가끔씩 블로그도 방문하는 대학생입니다. 다소 떨리는 마음으로 댓글을 남깁니다. 저는 〈경향신문〉의 기사도 보았고, 『20대, 컨셉력에 목숨 걸어라』(다산초당)라는 책도 읽은 사람으로서 선생님의 글이 참 와 닿습니다. 저 역시 대학을 다니고 있지만 주변 친구들을 보면 전공과는 상관없이 다들 공무원 시험 준비로 바쁩니다. 심지어 1학년으로 입학하자마자 공무원 시험 준비하는 친구들도 여럿 보았습니다. 저는 취업이 안 된다는 인문대생입니다. 다들 저에게 '너는 대체 뭐 먹고 살라고 거길 갔니? 그냥 너도 공무원 준비나 해라'는 소리를 참 많이 들었습니다. 좌절도 방황도 많이 했고, 어떨 때는 가슴이 쿵쾅 거릴 정도로 불안합니다. 지금도 여전히 그렇구요. 이런 현실 속에서 나는 어떤 사람이 되어야 하는지, 무엇을 준비하고 갖춰야 하는지 고뇌하던 차에 선생님의 책을 읽게 되었습니다. 학문의 장이 아닌 기업이 되어 버린 대학이 허우적거리고 있을 때 우리 스스로 위기 돌파의 지혜를 갖춰야 한다, 그러기 위해서는 다양한 분야의 책을 많이 읽어야 한다. 선생님의 말씀을 따르고자 이번 방학에도 과학, 철학, 역사, 문학 등 다양한 책을 읽으려고 노력했고, 8월 한 달 동안만 10권 정도를 읽은 것 같습니다. 시간 나는 대로 틈틈이 읽었습니다."

나는 이런 친구가 너무 믿음직스럽다. 작은딸은 9월 6일에 프랑스로 떠난다. 몇 년 더 공부해서 평생 즐길 수 있는 일을 찾겠다는 것이다. 나는 그 나이에 가족들 먹여 살리려고 내 꿈을 접었었다. 출판사 영업자로서 최선을 다하기는 했다. 그게 지금의 나를 만든 것이지만 나는 젊어서 자신의 꿈을 다져 나가는 딸이 부럽다. 딸만큼이나 이런 친구도 부럽다. 물론 내 세대는 어린 시절에 취직 걱정을 하지 않았다. 하지만 지금은 공무원 같은 '안정된 직장'이 아니라 평생을 즐길 자신만의 능력을 갖추는 것이 중요하다. 55세 정년을 겪는 내 세대를 보면 그런 현실을 더욱 절감한다.

"안녕하세요. 편집자를 꿈꾸는 여학생입니다. 출판사 관련 검색을 통해 우연히 블로그를 찾게 되었습니다. 『편집자로 산다는 것』(한국출판마케팅연구소)이라는 책을 통해 먼저 뵙긴 했습니다만.

편집자란 직업을 알게 된 지는 얼마 되지 않았지만 편집자의 삶이 드러난 책들을 읽으며 이 일이 제 적성에 맞으리라는 확신을 조금씩 가지게 되었습니다. 그런데 부모님과 상담을 하면서 이 진로에 대한 부모님의 반대로 깊게 고민을 하고 있습니다. 주변에 출판 관련 일에 몸담고 계신 분이 없어서 자세한 이야기를 들을 곳이 없습니다. 부모님을 설득할 만큼 일에 대한 확신이 서지 않아 마음이 답답합니다. 조언을 얻을 수 있을까 하여 이렇듯 글을 남겨 봅니다.

출판 일에 우려 섞인 부모님의 말씀을 들으니 제 자신도 흔들리려고 합니다. 어떤 일인지 잘 알지도 못하면서 환상을 품고 뛰어드는 것은 아닌가 하고요. 인터넷으로 검색을 하다 보니 시간에 시달리며 박봉에 잦은 야근에 미래에 대해 비전도 없고 잘리지 않기 위해 애써야 하는 그런 직업으로 얘기하시는 분이 꽤 있었습니다. 출판사마다 약간씩 차이가 있기야 하겠지만 그런 열악한(?) 환경 속에서 일하는 출판사가 대다수인가요?

책을 가까이할 수 있어서, 끊임없이 다양한 분야를 공부할 수 있고 그 분야의 많은 저자들을 만날 수 있어서, 이를 통해 책이라는 결실을 내고 뿌듯해 할 자신의 모습을 꿈꿨습니다.

그런데 현실은 이 직업을 가짐으로써 도리어 책을 싫어하게 되는 건 아닐까, 그냥 독자로 남을 걸 그랬나 하는 후회를 하게 될까 하는 걱정이 피어납니다. 여러 아르바이트를 해 봐서 알지만 세상에 쉬운 일은 단 하나도 없다고 여기는 바입니다. 그래서 돈과 관계없이 내 적성과 맞는 일만 찾는다면 힘든 것도 견뎌 낼 수 있다고 그리 생각했는데 단순한 패기일까요?"

이런 고민 없이 편집자가 될 수 있을까? 잘하면 이 친구를 만날 수 있을 것 같다. 서울출판예비학교에서 30시간의 강의를 하기로 했으니 이 친구가 지원해 합격하면 만나게 될 것이다. 인생을 고뇌하는 친구들에게 조언을 해 줄 수 있으니 행복하다. 그런 일이 아니더라도 회사로 찾아오게 해서 내가 할 수 있는 모든 조언을 해 주고 싶다. 그런 일이 내 일상이니까.

"(내 블로그에) 가끔 와서 어머니 식사 얘기 읽으며 무슨 음식을 해야 잘 드시려나 그런 생각 하다 나갑니다. 저도 치아가 없는 아버지 때문에 걱정이 많아서요. 순두부찌개나 두부조림 이런 것 좋아하지 않으세요? 만들기도 간단하고 영양가도 많고 재료비도 싸고. 주부인 저도 한 끼 챙겨 먹기 귀찮은데 바깥 활동 그렇게 왕성하게 하시며 어머니 모시는 것 정말 대단하세요. 소장님이니 가능하신 일일 듯."

번역 실력이 출중한 이분은 몇 년째 만나지 못하고 서로 블로그 '안부게시판'에 소식만 남기고 있다. 내게 알려 준 요리 레시피는 아직도 냉장고에 붙어 있다. 가끔 알려 준 대로 요리를 하면 모두 만족해한다. 이런 분은 빨리 만나 밥이라도 한 끼 사고 싶은데 늘 마음뿐이다.

사랑 중에 가장 행복한 사랑은 '바라만 봐도 행복한 사랑'이라고 한다. 그저 지켜봐 주는 것, 상대를 위해 주는 마음이 가장 소중하다는 이야기일 것이다. 그런 면에서 나는 요즘 행복하다. 얼굴도 모르는 무수한 사람들과 늘 행복한 대화를 나누고 있으니 말이다. 영원히 내 손을 잡아 주는 단 한 사람이 나타나지 않는다 해도 나는 후회하지 않는 삶을 살고 있다고 자부할 수 있다. 그러나 벌써 여기저기서 내 손을 잡아 주는 이들이 있으니 나는 더욱 힘차게 살아갈 생각이다.

어머니 같은 딸과 딸 같은 어머니

| 2012. 12. 03 |

2009년 9월부터 네이버에 '베스트셀러 30년'을 연재하면서 8개월 이상 하루 두세 시간만 자고 책을 읽어야 하는 강행군이 계속되었다. 가끔 술자리에서 잠이 들기도 했지만 그 일정을 모두 소화해 낼 수 있었다. 그때는 주간 연재와 격주간 연재도 5~6개 되던 시절이라 많으면 한 주에 20여 권의 책을 읽어야만 했다. 덕분이 잠시 통풍이 오긴 했지만 타고난 건강으로 이겨 냈다.

돌이켜보면 가끔 스스로 대견하다. 옆에서 이를 지켜본 사람은 어머니와 작은딸이다. 어머니는 늘 말이 없으시다. 내게 오신지 4년 동안 어머니는 "네가 이렇게 고생하는지도 모르고"라고 딱 한 번 말씀하셨다. 나중에 내게 "네 가슴속을 내가 어떻게 아나"라는 말씀을 하시곤 하시는데 그것도 같은 맥락인 것 같다.

치매 초기에 내게 오신 어머니는 도우미 아주머니들 덕분에 건강을 다소 회복하신 다음 도우미 아주머니 없이도 스스로 집안 일을 하나하나 챙기시기 시작했다. 전기밥통에 밥 안치는 것, 설거지, 세탁기 돌리기, 집안 청소 등. 나는 일부러 모르는 척했다.

하지만 그런 어머니가 요즘 많이 힘들어 하신다. 소화가 잘 안 되니 주로 죽을 드신다. 이가 좋지 않으니 씹지도 못하신다. 대낮에도 죽집에 전화를 걸어 배달을 부탁하는 일이 늘어나니 은근히 걱정이 된다. 어제 하루 종일 옆에서 지켜봤는데 화장실에 자주 가시고 밤새 설사를 하셨다. 어머니 일이 신경 쓰이니 일이 손에 잡히지 않는다.

프랑스에 있는 작은딸과는 어제 카톡을 했다. 날씨 이야기부터 시작해 수십 차례 소식을 주고받았다. 털 달린 외투 한 벌 샀다고 했더니 "돈 벌어서 뭐해. 맛난 거 사 먹고 예쁜 옷도 입고 그래야지"라고 답했고, '음치클리닉'을 보고 고생하는 딸들 생각하며 울었다고 했더니 "나이 많으면 눈물이 많아지나 보다"고 했다. 세상에 이런 애인이 없다. 요즘 멀리 떨어져 있는 딸은 어머니 같고 어머니는 딸처럼 챙겨야 한다. 세상의 이치가 이런 것이겠지. 어린 시절 어머니와 나는 아버지의 잦은 폭력에 시달려야 했다. 그래서 나는 평생을 술을 마시지 않으려 했다. 하지만 그것은 진즉에 깨졌다. 자식에게 평생 손찌검 하지 않겠다고 결심했지만 유전자가 그래서인지 큰아이에게는 몇 번 실수를 하고 말았다. 그러나 작은아이에게 손댄 적은 한 번도 없다. 그래서인지 더욱 살갑고 애틋하다. 큰아이에게 실수한 것은 두고두고 많이 후회된다.

아직 감기 한 번 제대로 앓아 본 적이 없을 정도로 건강하지만 50대 중반을 지나 환갑을 바라보면서 왜 회한이 없겠는가. 내가 열 식구 끼니 걱정을 해야 하는 가난한 집이 아닌, 적어도 먹고사는 걱정은 하지 않는 화목한 중산층 가정에서 태어났다면 이렇게 살까 싶다.

폭력은 때로 아이의 가슴에 증오심을 키워 세상을 이겨 내는 데 도움을 줄 수도 있다. 하지만 그것은 언제나 다른 폭력으로 연결된다.

학교에 딱 한 번 오신 어머니

내 기억에 어머니가 나 때문에 학교에 오신 것은 딱 한 번이다. 1976년 고등학교 3학년 때 나는 문예부장이자 도서관 반장이었다. 사서 교사도 없고 정말 열심인 담당 교사만 있었는데 어쩐 일인지 새 책이 입고되면 내가 도서대장을 만들어 교장실에 직접 결재를 받으러 가야 했다. 문예부장으로서 시화전 준비도 열심히 했다. 그때만 해도 내 꿈은 작가였기 때문에 그 일이 즐거웠다. 그런데 생물 선생님은 과학경시대회에 나가기 위한 실험 준비를 하기를 원했고, 교련 선생님은 교련경시대회에 참모로서 행군의 예행연습을 해 주기를 원했다. 하나도 힘이 드는데 셋을 한꺼번에 다 할 수는 없었다. 게다가 나는 고3인 동시에 초등학생 둘을 가르치는 입주 가정교사였다. 그래서 나는 둘을 포기했다. 그 바람에 몇몇 선생님에게 미움을 받았다.

수학 선생님은 시험을 보면 채점을 내게 시켰다. 인근 여중에서 과학을 가르치다가 고등학교에 와서 수학Ⅱ를 가르치니 늘 실수가 많으셨다. 아이들이 질문을 해도 바로 풀어 주지 못하는 경우가 많았다. 내게 그 문제를 주면 나는 옆자리 친구와 함께 몰래 풀어서 선생님께 가져다드리곤 했다. 그때 옆자리에 앉았던 친구는 나중에 서울대에 합격했다. 수학 선생님의 집과 내가 입주해 있던 집은 500미터쯤 떨어져 있었는데 나는 시험 답안지를 모두 채점해 선생님 댁에 갖다드리곤 했다. 그때 선생님은 정답도 알려 주시지 않았다. 채점을 한 답안지를 모두 당사자에게 돌려주고 불만 있는 사람은 나오라고 했지만 잘못되었다고 나온 사람은 거의 없었다. 나중에 후배들에게 그 선생님의 실력이 정말 대단했다는 이야기를 듣곤 했는데 선생님은 최대한 시간을 내서 열심히 공부를 했기 때문에 그런 이야기를 들으신 게 아닌가 싶다.

나는 중학생 때 '극빈자'여서 등록금을 면제받으며 학교에 다녔다. 고등학교에 입학하고 한 달쯤 지나서 그 사실을 알고 어느 선생님이 입주 가정교사를 제안해 주셨다. 새벽에 초등학생인 두 여자 아이를 깨워 공부를 도와주는 것이 내 일이었지만 그걸 잘했다는 기억은 없다. 가정교사는 명분이었고 그 집에서 가난한 학생 한 명을 자식처럼 도와준다는 생각이 아니었을까 싶다. 내가 입주해 있던 집의 주인 부부는 사업 때문에 많이 바쁘셨다. 2

남 2녀의 자식 중 위의 둘은 아들이고, 아래의 둘이 딸이었다. 장남은 나보다 두 살 아래였는데 아주머니는 큰아들 옷을 사 줄 때 내 옷도 꼭 사 주시곤 했다.

그 시절을 어떻게 보냈는지는 기억도 잘 나지 않는다. 모든 일이 뒤죽박죽이었다. 그 집의 집안 살림은 아이들의 외할머님이 주로 하시고, 아이들의 숙모가 자주 들러 도와주셨다. 그때 나는 '죽고 싶다'는 글을 자주 끼적거렸는데 한 번은 내가 끼적인 노트가 숙모에게 발각되어 사달이 나기도 했다. 하여튼 그때 나는 자살을 꿈꿀 정도로 무척 힘들었던 모양이다.

천정환은 『자살론』(문학동네)에서 "모든 자살자는 어떤 형태로든 자신의 자살을 주변 사람들에게 시사하거나, 직접 토로하기도 한다는 것이다. 마지막 순간까지 자살자는 구원을 기대하고 SOS 구조신호를 발신한다"고 했는데 아마 나도 그랬을 것이다.

나는 그때 술을 원수처럼 싫어했다. 아버지 주사에 너무 시달렸기에 평생 술을 마시지 않겠다고 결심했었다. 아버지가 술주정을 하시면 할아버지는 방문도 열어 보지 않고 "들어가서 자라"고 조용히 타이르시고는 별 말씀이 없으셨다. 그러니 아버지 주사는 멈출 줄 몰랐다. 어머니는 6남매 자식 때문에 어쩌지 못했다.

나중에 자라서야 그 정경을 이해할 수 있었다. 할아버지는 당신이 땅을 잘못 사서 집안이 망가진 것 때문에 자식이 심하게 주사를 부려도 아무 말씀을 못하셨다. 할머니는 며느리에게 미안하니 집안일을 열심히 거드셨다. 할아버지는 술을 좋아하셨지만 누가 술을 사다 주지 않으면 드시지 않으셨다. 식사를 하시기 전에 반주로 딱 한 잔만 드셨는데 소주 대병을 사다 드리면 이틀이 가지 않았다. 할아버지는 요즘 소주 한 병이 다 들어가는 크기의 국 대접에 술을 따라 드셨기 때문이다.

할머니는 20년 동안 혼자 사신 설움 때문인지 담배를 많이 피우셨다. 내가 결혼해서 신방을 차릴 때까지 할아버지와 각방을 쓰신 할머니는 늘 긴 담뱃대에 독한 봉초 담배를 넣어서 피우셨다. 할아버지는 85세, 할머니는 90세에 작고하셨다. 나중에 어머니는 "술 많이 마시고 담배 많이 피운다고 일찍 죽는 것은 아니지만 그래도 술 조심은 하라"고 나를 타이르셨다. 할아버지와 아버지의 술, 할머니의 담배에 이력이 났는지 어머니는 술과 담배를 하지 않으신다.

다시 시화전을 준비하던 고등학교 시절 이야기로 돌아가면, 열심히 준비한 시화전이 열리고 있던 평택문화원에서 어느 선생님이 늦은 밤 술에 취해 와서는 전시장에서 오줌을 누는 일이 일어났다. 늦은 밤이라 사람이 많지는 않았지만 여학생들이 혼비백산했다. 당시 지쳐 있던 나는 너무 화가 났다. 그래서 교복 대신 청바지를 입고 학교에 가서 자퇴원서를 내며 "혼자 공부해서 사범대학을 졸업하고 좋은 선생이 되겠다"고 큰소리치고는 학교에 나가지 않았다. 막나간 것이다. 나중에 나도 술을 마시게 되면서 그때 그렇게까지 할 필요가 있었는지 후회하기도 했다.

그런데 당시는 정말 그럴 자신이 있었다. 그러나 상황은 이상하게 돌아가고 있었다. 중학교 졸업 때 인문계 고등학교 원서를 사 왔다고 "네가 무슨 재주로 대학에 가려 하느냐"며 내 뺨을 때리던 아버지는 내게 고등학교를 졸업하지 않으면 당신이 죽어 버리겠다고 협박하셨다. 내가 어쩌지 못하고 있을 때 가정교사를 하던 집의 아주머니가 찾아오셨다. 내가 걱정이 되어 학생과(課) 선생님들에게 저녁 대접을 하셨는데 그때 선생님들이 "한기호는 원래 심성이 착한 아이니 아무 일도 없을 것"이라며 학교에 보내라고 했다는 것이다. 그러자 아주머니는 우리 집으로 찾아와 졸업할 때까지 등록금을 내주겠다고 하셨다. 그래서 나는 어쩔 수 없이 일주일 만에 학교로 돌아갔다.

학교에 다시 간 월요일 애국조회 시간에 나는 시화전이 성공적이었다는 이유로 평택문화원장과 교장 선생님 공동 명의로 주는 표창장을 받았다. 그때 부상으로 신경림 시집 『농무』(창비)와 김광섭 시집 『겨울날』(창비), 황순원 소설집 『탈』(문학과지성사) 등 세 권을 받았다. 그리고 '아무 일 없이' 공부를 하고 있는데 6교시에 학생과에서 호출이 왔다. 학생과장 선생님이 "너는 집에서 혼자 공부해도 성적이 떨어질 놈이 아니다"라고 말을 꺼냈는데 결국 무기정학을 받게 되었다. 그래서 책상을 뒤집어 버리려고 일어났는데 그제야 구석에서 조용히 울고 계시는 어머니 얼굴이 눈에 들어왔다. 나는 그대로 주저앉고 말았다. 그리고 어머니 손을 잡고 조용히 집으로 돌아왔다. 그때 무기정학 사유는 '교사지도 불복종'이었다. 어머니는 끝까지 아무 말씀도 하지 않으셨다.

남편에게 그렇게 매를 맞고 사시면서도 어머니는 큰소리 한 번 내신 적이 없었다. 그날 학생과 사무실에서는 조용히 울고 계셨지만 우리에게 우는 모습을 보여 주신 적도 없었다. 어머니의 큰소리를 처음 들은 것은 할머니가 돌아가신 해의 추석이었다. 할머니가 7월 칠석에 돌아가셨으니 할머니가 돌아가시고 한 달이 조금 더 지난 시점이었다. 그때 술을 마시며 다투는 형제들에게 어머니는 큰소리로 호통을 치셨다. 나는 그 호통이 "이제 내가 이 집의 어른"이라는 선언처럼 들렸다. 그 호통에 아버지도 놀라는 모습이셨다. 이후 어머니는 아버지도 잘 챙기지 않고 칠십이 넘어서까지 천막공장에 일을 다니셨다.

요즘도 어머니는 나를 늘 조용히 챙기신다. 나는 몸에 열이 많다. 그래서 겨울에도 술에 취해 집에 들어오면 창을 열어 놓고 자는 버릇이 있다. 그러면 어김없이 어머니가 조용히 창문을 닫아 주시곤 한다. 내게 오시기 직전 치매 초기 증세를 보이며 "자식 밥도 해 주지 못하는 내가 살아 있을 필요가 있냐"며 이불을 뒤집어쓰고 죽으려고 하셨다는데, 그것은 아마도 내게 오시려는 무의식적인 시위가 아니었을까 싶다. 하여튼 요즘은 내가 어머니를 모시는 것인지, 아니면 어머니가 나를 챙기는 것인지 잘 모르겠다. 둘째 동생은 "과부와 홀아비가 정겹게 잘 산다"고 놀리곤 하는데 나이가 들면 모자 사이도 부부나 친구처럼 되는 것이 아닌가 싶다.

간병 일기
3

2013. 03. 31 ~ 2013. 12. 26

식물성 연애

| 2013. 03. 31 |

나는 집에 감자를 떨어뜨리는 법이 없다. 이가 좋지 않은 어머니를 위해 밥상을 차리려면 감자와 두부는 언제나 준비되어 있어야 한다. 어제 오후에 영화 '지슬'(감자를 뜻하는 제주도 방언)을 보면서 감자의 의미를 다시 생각했다. 『식탁 위의 세계사』(창비)에 등장하는 감자는 수탈의 의미다. 아일랜드 사람들은 감자만 생각하면 영국인들의 수탈을 생각하며 증오심부터 들었겠지만 '지슬'을 생각하면 구원을 생각하게 될 것이다. 영화 '지슬'에서 감자는 늘 누구에게나 나눠 주는 것으로 등장한다.

겨울만 잘 넘기고 3월만 되면 확 풀릴 것 같더니 3월도 쉽지 않았다. 그래서 3월을 넘기는 것도 노심초사할 수밖에 없었다. 3월의 고민은 29일에야 어느 정도 해소됐다. 드디어 광고비와 책값 등이 한꺼번에 들어와 대강 해결하니 해방감이 들었다. 그래서 〈기획회의〉 마감을 앞두고 있는 직원들에게는 미안하지만 기분 좋게 일찍 귀가했다. 하지만 주말에는 어머니를 정성껏 모셔야 한다. 그럼에도 어제 오후에는 어머니의 지청구를 들어 가며 단지 나를 위하여 이수역 아트나인에 가서 '지슬'을 보았다.

　이렇게 말하기는 뭣하지만 '4·3'이라는 민족의 비극이 있었기에 우수한 문학과 영화가 등장할 수 있었을 것이다. 동족이 서로에게 총부리를 겨누고 이유 없이 살육한 사건. 지금도 권력을 쥔 가해자들은 그들이 살상한 사람들에게 '빨갱이'라는 억울한 누명을 덧칠하기에 급급하다. 그저 하루 이틀 숨어 있다 집으로 돌아가 돼지에게 먹이를 주고, 아이를 낳고, 결혼도 할 수 있을 것이라는 일상적인 대화를 나누던 사람들은 결국 모두 비극적인 죽음을 맞이했다. 그로부터 65년이 지났건만 이 사건은 여전히 역사적 숙제로 남아 있다.

　5월에 있는 좌담 사회자를 구하지 못해 내가 맡게 되면서 창비 제6회 청소년문학상 『비바, 천하최강』(정지원)이라는 소설을 읽었다. 이야기 속에 '식물성 연애'라는 말이 정겨웠다.

　"좋기는 한데 너무 가까이 다가오는 것은 두려운, 그런 미묘한 상황" 같은 것. "그리 멀지 않은 곳에 피어 있던 꽃들이 서로를 발견하고 같은 바람에 흔들리며 향기를 주고받지만 잎과 줄기로 끈끈하게 엉켜드는 것은 겁내는 그런 연애."

　이런 연애에 대해 화자는 "이 생을 혼자 외로워하지 않아도 된다는 것만으로 나는 충분히 행복하다"고 말한다. '3포 세대'의 사랑이란 이런 것일까? 하긴 나도 '바라만 봐도 행복한 사랑'이 가장 좋다고 말하고 있지 않은가.

신은 모든 곳에 있을 수 없기에
어머니를 만들었다

| 2013. 04. 28 |

어제 하루 종일 어머니에 대한 책을 읽었다. 다섯 권을 골라 놓았는데 절반쯤 읽었다. 오늘 저녁에는 칼럼을 써야 한다. 모두 읽고 세 권 정도만 인용할 계획이다. 처음 든 책 『엄마도 힘들어』(문경보, 메디치미디어)에 인용된 "신은 모든 곳에 있을 수 없기에 어머니를 만들었다"는 유대의 어떤 아들이 했다는 말이 가슴에 꽂혔다. 저자가 이 문구를 인용한 것은 이 말을 하기 위함이었다.

"내 자녀를 흠 없는 존재로 만들고 싶다면, 먼저 어머니는 자신이 신이라는 생각을 내려놓아야 한다. 한 걸음 뒤에서 자녀가 걸어가는 길을 가만히 바라보는 시간을 가져야 한다. 그리고 부모가 자식에게 마지막으로 줄 수 있는 것은 안타까움과 눈물, 바라봄뿐이며 그렇게 부모는 부족한 존재라는 것을 인정해야 한다."

아이와 초등 성적부터 함께 관리, 아니 배 속에서부터 영어 단어를 암기시키다가, 대학 입시도 함께 치르고, 대학에서는 취업 스펙도 함께 쌓다가, 결혼도 함께 하듯이 하다가, 결국 아이가 죽고 난 뒤 잘 묻어 주고서야 드디어 안심할 것 같은 대한민국 엄마들이 꼭 읽어 볼 만한 책이었다.

어제는 녹즙기와 한 시간 이상 씨름했다. 마음이 급해서 빨리 조립해 과일즙을 내서 어머니께 드리려는데 그게 잘 되지 않았다. 그렇게 씨름하다가 설명서를 찬찬히 보니 점들을 잘 연결해 놓으면 되는 것을 내가 무리하게 조립했다는 것을 알았다. 때때로 조급함은 일을 그르치기도 한다. 하지만 어머니는 내가 당신을 위해 무리하는 모습이 그리 나쁘지 않았으리라.

가족의 탄생

| 2013. 05. 01 |

지난 주말 무리한 데다가 어제 과하게 술을 마신 탓인지 오늘은 종일 낮잠을 잤다. 오전에는 휠체어로 어머니를 모시고 정형외과에 갔다. 주사를 맞고 물리 치료를 하시는 동안 나는 류현진 야구를 봤다. 1시쯤 집으로 돌아와 늦은 점심을 먹고 낮잠을 자고 일어나니 벌써 저녁이다. 다시 찌개를 끓여 저녁을 준비했다. 마침 동생이 일찍 들어와서 모처럼 세 식구가 화기애애하게 저녁을 먹었다. 동생이 〈한겨레신문〉에 난 노인요양병원 실태를 보았냐고 물었다. 나는 어머니를 노인병원에 모실 생각이 추호도 없으니 못 보았다고 말했다.

『엄마는 어쩌면 그렇게』(이충걸, 예담)를 읽으면서 참 많은 생각을 했다. 저자는 원싱이고 나는 돌싱이라는 게 다를 뿐 평상시에 바삐 살며 일과 술을 즐기는 것은 비슷하다. 저자의 어머니는 건강하신 편이었지만 내 어머니는 다리가 불편하고, 치아가 좋지 않으시고, 비린내 나는 음식을 싫어하시는 등 어머니 건강이 훨씬 좋지 않으시긴 하다. 하지만 두 어머니의 강한 정신력은 높이 사야 할 것 같다. 그게 모성 본능이 아닌가 싶다.

나는 어머니를 환자로 취급한 적이 없다. 되도록 움직이시게 배려한다. 어머니도 바쁜 자식을 위해 일을 덜어 주려고 애쓰신 다. 그러다 보니 다리가 불편하시다는 것을 알게 돼 병원에도 모 시고 간 것이다. 나는 증조할머니, 할머니 등 집안 노인들과 함께 산 경험이 있어 어머니와도 잘 지낼 자신이 있다. 평생 6남매 키 우시느라 고생만 하신 분이다. 저녁을 먹는데 어머니는 SBS 드 라마 '가족의 탄생' 이야기를 줄줄이 늘어놓으셨다. 건강하게 텔 레비전 앞에 달려가시는 어머니를 보고 동생과 나는 한참을 껄껄 웃었다. 덕분에 설거지는 동생의 몫이었다.

동생 혼자만의 싸움

| 2013. 06. 14 |

이틀째 동생 때문에 밤새 시달리고 있다. 이번에는 병원의 힘이 아니라 자신의 의지로 이겨 내길 바라는 마음 때문이다. 수없이 반복되는 일, 그것도 주기가 짧아지는 일을 병원에만 의지하는 것은 한계가 있다. 동생은 힘들지만 이겨 내려고 몸부림치고 있다.

어제는 내과 병원에 같이 가 주었더니 어머니와 형이 진정으로 자신을 사랑한다는 걸 절감한 모양이었다. 사경을 헤매던 무렵에 어머니가 수없이 물을 떠놓고 빌었다는 이야기를 계속 되풀이했다. 힘든 와중에도 아픈 이야기가 아니라 그린 이야기를 하고 있다니 희망이 있다. 제발 이번에는 스스로 이겨 내기를 바란다.

행복 너머에는

| 2013. 06. 19 |

왠지 우울했다. 비, 동생, 어머니, 일상, 밀려드는 책. 이유가 뭔지는 모른다. 그냥 쓸쓸했다. 어제 점심에 몇 사람과 만나 점심을 먹으면서 소주를 몇 잔 마셨다. 그들의 얼굴에서 책을 펴내 놓고 고투하고 있는 모습이 보였다. 그에 비하면 나는 『남편의 서가』(북바이북)를 펴내고 한 일이 거의 없다.

저녁은 두 사람과 대구탕을 먹었는데 입맛이 없어 소주만 들이켰다. 한 친구가 바쁘다고 먼저 나가 버리니 자리는 자연스럽게 끝이 났고 나는 버스를 타고 바로 귀가했다. 어머니는 아들을 병원에 보낸 후유증 때문일까 앓고 계셨다. 심한 것은 아니고 속이 좋지 않다고 하셨다. 늘 있는 일이지만 그것도 우울하다. 우울한 어머니 옆에서 우울한 아들이 우울하게 축구를 봤다. 졸다가 골이 들어간 장면은 놓쳤는데 끝까지 다시 보여 주지 않아 또 우울했다.

〈기획회의〉 347호 특집은 '행복'이다. '성공'에서 '나만의 행복 추구'로, 그리고 셀프힐링의 장기독주 끝에 다시 '행복'이다.

나는 합리적 행복이라 했다. 그렇다면 왜 다시 행복 담론인가? 힐링 열풍과 행복 담론의 차이는 무엇일까? 행복해야 한다는 스트레스는 자기계발과는 다른가? 행복을 다룬 책은 얼마나 나와 있는가? 행복 너머에는 어떤 담론이 도사리고 있을까? 이런 이야기들을 정리해 보는 기회가 될 것이다.

어제는 프랑스에 있는 딸과 카톡을 했다. 내가 먼저 말을 걸었다. 딸이 보낸 메일에 답장을 하지 않은 것이 문득 생각났기 때문이다. 무정한 아빠다. 하지만 딸이 가끔 내게 안부를 묻는 카톡을 해 주는 것만으로도 나는 행복하다. 힘겹게 메일로 말문을 열어 줬지만 답변도 해 주지 않은 무정한 아빠. 하지만 딸은 나를 따뜻하게 품어 줬다. 참, 딸은 자기 이야기를 쓰는 걸 싫어하는데 이 정도는 봐주겠지.

『엄마 에필로그』

| 2013. 06. 26 |

우리에게 어머니는 어떤 존재일까? 어머니는 지금도 내 앞에서는 옷을 벗지 않으신다. 어머니 목욕은 주로 동생이 시켜 드리는데 내가 집에 있을 때는 일부러 피하신다. 동생은 나와 함께 살지 않을 때도 집에 오기만 하면 어머니 목욕부터 챙겼다. 그런 자식이어서인지 어머니는 나에 대한 불만, 주로 술을 마시고 새벽에 들어오는 것 등을 동생에게 모두 일러바친다.

동생을 병원에 보낼 때마다 어머니는 제발 그런 병원에는 보내지 말라고 했다. 나도 어떻게든 동생이 자기 의지로 이겨 낼 수 있게 도우려 했다. 그러나 어머니가 버티지 못하셨다. 이렇게는 살지 못하겠다고 하셨다. 병원에서 건장한 청년 두 사람이 왔을 때 동생은 나에게 "형, 한 번만 봐달라"고 버텼다. 내가 그 부탁을 받아들이지 않자 동생은 어머니에게 똑같이 말했다. 그러나 어머니도 외면하셨다. 그러자 동생은 할 수 없이 스스로 일어나 병원으로 갔다. 그때 이 책들만 다 읽고 나오겠다며 어려운 역사책 다섯 권을 챙겨 갔다.

동생을 병원에 입원시켜 놓고 난 뒤 나는 집에 일찍 귀가했다. 어느 날은 어머니가 목욕탕 욕조 안에서 혼자 씻고 계셨다. 욕조를 힘겹게 넘으셨다고 했다. 나는 깜짝 놀랐다. 스스로 해내려는 의지가 대단하신 것이다. 밥도 더욱 잘 드셨다. 내가 끓인 찌개가 마음에 들지 않으면 쌈장 하나로 밥 한 그릇을 비우신 모양이다. 이건 나에 대한 무언의 항변인가? 나는 아직 그 이유를 모른다. 하지만 어머니는 더욱 강해지셨다.

어제 영화인 심재명의 『엄마 에필로그』(마음산책)를 오후 6시쯤 읽기 시작해 책에 빨려들어 단숨에 다 읽었다. 저자의 어머니는 루게릭병으로 세상을 떠났다. 하필이면 어머니의 기일은 저자의 생일 다음 날이다. 그래서 온 가족이 해마다 어머니 제사를 지낸 다음, 동생이 준비한 생일 케이크에 촛불을 켜고 생일 축하 노래를 부르는 좀 묘한 풍경이 펼쳐진다.

저자는 나이 오십이 되어 문득 지금 내 나이의 엄마를 생각한다. 그때 저자는 스무 살이었다. "매일 일기를 쓰던 그 시절 나는 엄마를 '악마'라고까지 불렀다. 더운물을 먹으라고 하면 얼음을 씹고, 일찍 들어오라고 하면 골목이 캄캄해져서야 집에 기어들어가고, 청소 좀 하라고 하면 누에고치처럼 이불 속에 들어가 방바닥을 굴렀다." 저자는 엄마에게도 갱년기가 있었을 것이라는 것을 알지도 못했고 관심도 없었다. 여섯 식구가 좁은 집에서 살던 시절, "갱년기의 여자와 사춘기의 여자가 맹렬하게 부딪"쳤다.

저자가 인생에서 가장 후회하는 것 중의 하나가 어머니의 임종을 지켜보지 못한 것이다. 인생에서 가장 힘겨운 시간을 보내던 시절, 저자는 어머니와 날벼락 같은 이별을 하고 말았다. 그래서 "엄마와의 날벼락 같은 이별이 낯설고 또 낯설어 다시 눈물이 났다"고 했다. 그러니까 이 책은 그런 이별로 수없이 눈물을 흘리던 딸이 쓴 사모곡이다.

"이제 몸무게 30킬로그램, 키 150센티미터의 아주 작아진 엄마가 단정하게 수의를 다 입고 누우셨다. 사람들이 짐승처럼 울부짖는 모습은 텔레비전이나 신문에서나 봐왔다. 우리는 모두 그렇게 울었다. 아이처럼 마르고 작아진 엄마가 차갑게 식은 얼굴을 내놓고 누워 있는 침대로 간신히 걸어가 그 이마에 입을 맞추었다. 눈물이 얼굴에 떨어질까 봐 애써 삼키며, 이제 엄마의 이마는 얼음처럼 차가웠다.

엄마 안녕, 그곳에서 아프지 말고 편히 쉬세요."

나는 오십이 되어서야 어머니와 살았다. 그리고 드디어 가족을 이해하게 되었다. 저자처럼 나도 가난한 어린 시절을 보냈다. 동네 집집마다 다니며 책을 빌려 봤다는 점도 나와 비슷하다. 저자는 고전을 주로 빌려 보았지만 나는 초등학교 5학년 때 『이조오백년야사』를 떼었다. 그러니 조숙할 수밖에 없었다. 다행히 중학교 때는 학교에 도서관이 있었고 도서관에는 예쁜 사서 누나도 있었다.

나는 이 책을 읽으며 어머니가 떠오른 동시에 돌아가신 아버지가 떠올랐다. 나는 아버지에게 무수하게 맞고 자랐다. 대책 없이 자식을 여섯 명이나 낳으신 아버지 덕분에 고등학교 1학년 때 입주 가정교사를 하기 시작한 이래 학비와 생활비를 스스로 책임져야 했다. 내가 결혼한 다음에도 돈 이야기 아니면 내게는 말씀이 없으셨다. 그런 아버지가 요즘 많이 그립다. 내게 잘못 하신 것보다 내게 따뜻한 정을 보여 주셨던 기억만 떠오른다. 민어탕처럼 아버지가 좋아하시는 음식을 먹을 때는 이런 음식 한 번만 대접했으면 여한이 없겠다는 생각을 자주 한다.

『엄마 에필로그』의 저자가 어머니를 생각하는 마음이 내 마음과 같을 것이다. 그래서 더욱 애틋했다.

피가 뚝뚝 떨어지는 글

| 2013. 07. 30 |

한 후배가 들려준 이야기이다. 한 편집자가 당대 최고의 작가에게 원고를 받으려 다녔지만 원고를 받기가 어려웠다. 그럼에도 자주 들르는 편집자에게 작가가 이렇게 말했다.

"피가 뚝뚝 떨어지는 글이 어디 그리 쉽게 써지는가? 내 능력이 그렇지 아니하니 이해하시게."

당시 편집자는 그게 작가의 핑계라고 여겼다. 세월이 지나 시인이기도 한 편집자가 그 말을 했을 때의 작가 나이가 되니 정말로 글이 써지지가 않았다고 한다.

오늘 새벽에 나는 네 개의 글을 썼다. 두 개는 연재 원고이다. 연재 원고 때문에 밤새 뒤척거렸다. 아마 한 시간에 한 번씩 일어났을 것이다. 그러나 생각이 정리되지 않으니 글을 쓸 수 없었다. 결국 새벽 5시 30분이 넘어서야 컴퓨터 앞에 앉을 수 있었다. 피가 뚝뚝 떨어질 정도로 생명력이 넘치는 원고를 나도 쓰고 싶다. 그러나 그런 글이 써지지 않은 지는 오래다. 하루하루를 살아 내는 것이 힘들고 소소한 일로 늘 바쁘다. 내과가 8월 1일부터 휴가에 들어간다는 소식에 오늘은 병원에서 어머니 혈압 약을 타 왔다. 의사는 어머니를 모시고 오라는데 휠체어를 끌고 병원에 갔다 오면 반나절이 더 걸린다.

블로그에 글을 올리는 일도 때로는 지친다. 친구를 만나러 지방에 다녀오느라 글을 올리지 않으니 방문자가 절반 이하로 준다. 방문자가 없다고 못 사는 것도 아니다. 억지로 쓸 이유도 없지만 늘 쫓긴다.

오늘 늦게 출근하는 바람에 회의가 늦어져 점심도 늦어졌다. 그 와중에 손님이 오셨다. 나이가 들면서 나는 이런저런 이야기를 많이 하게 되었다. 질문은 한마디인데 내 대답은 엿가락처럼 죽죽 늘어진다. 게다가 오늘도 신간이 잔뜩 와 있어 내 눈길은 자꾸 신간으로 꽂혔다.

딸 숨소리도 모를까

| 2013. 08. 02 |

아침에 어머니가 전화를 받더니 당황해 어쩔 줄 몰라 하셨다. 내
가 전화를 받았더니 술 취한 중국 동포 같은 사람이 주희가 다쳤
단다. 주희는 큰딸의 이름이다. 그러면서 '주희'를 바꿔 주었는데
내가 "주희야, 주희야" 하고 불렀더니 '주희'는 앓는 소리만 냈다.
그런데 아무렴, 내가 내 딸의 숨소리도 모를까. 나는 남자가 다시
전화를 바꿔 무슨 말을 하려는 순간 전화를 끊어 버렸다. 전화가
다시 한 번 울렸지만 받지 않으니 더 이상 연락이 없다.

　출근하려다 주저앉은 나는 아무 일도 하지 못하고 서성거렸
다. 프랑스는 한밤중이었다. 점심도 집에서 먹으며 소식을 기다렸
지만 아무 일이 없었다. 그러다 조금 전에야 잠에서 깼다는 작은
딸이 카톡 문자를 보고 언니에게 전화를 걸었더니 잘 있다는 답
문자를 보내 왔다. 나는 한참이 지나서야 마음이 놓였다. 그런데
딸 이름이 주희라는 것은 어떻게 알았을까?

지게차 소음과 어머니

| 2013. 08. 18 |

다섯째 동생이 다녀갔다. 근처에 일이 있어 왔다가 복숭아와 토마토를 사 들고 왔다. 점심만 먹고 내려갔지만 어머니의 얼굴이 달랐다. 지난 주 화요일 일이 문득 떠올랐다. 아파트 위층에서 이사를 가는지 지게차 소리가 여간 시끄러운 것이 아니었다. 나는 베란다 창문을 닫아 버렸다. 그랬더니 어머니가 답답하다며 창문을 열어 놓으라고 하셨다. 지금 생각해 보니 하루 종일 집에만 계시는 어머니는 지게차로 물건을 오르내리는 소음마저 반가우셨던 것이다.

오늘도 산에 갈 예정이라 곧 집을 나서야 한다. 매주 간다고 말씀드렸는데 아침을 먹으며 산에 간다고 했더니 어머니 얼굴이 어두워지셨다. 오후에 동생이 오니 그나마 다행이다. 미안해도 어쩌겠는가? 일주일에 하루라도 산행으로 몸을 풀어 주면 몸 상태가 확실히 달랐다. 물론 산에 가는 것보다 술을 줄여야 하는 것이 맞긴 하다.

술만 한 친구가 있을까

| 2013. 08. 19 |

어제 오전에는 북한 둘레길을 걸은 다음 상명대학 쪽으로 내려와 버스를 타고 경복궁역 근처에서 막걸리를 마셨다. 그때 식당 벽에 적힌 이 시가 눈에 들어왔다.

날씨야/ 네가/ 아무리 추워봐라/ 내가/ 옷/ 사 입나/ 술 사 먹지
— 술타령

술이 아니었으면 내가 살아남았을까 싶다. 술은 내게 밥이었으며, 용기였다. 정말 옷을 사 입지 않아도 술은 마셨다. 가끔 술을 멀리하면 오히려 스트레스가 쌓인다. 주말에 이틀 동안 180매 글을 쏟아내고도 술 한 잔 마시고 나면 피로가 풀리기도 했다. 하지만 나는 담배는 평생 배우지 않았다.

술은 누구와 어떻게 마시는가가 중요하다. 이제는 술 마시는 상대를 가려야 할 것이다. 그동안 접대를 위한 술도 좀 마셨던 것 같다. 모든 사람들을 챙겨 보내고 홀로 된 새벽 2시, 술이 취하지

않아 포장마차에서 새벽 5시까지 혼자 술을 마시기도 했다. 그러고도 8시에는 어김없이 출근을 했다.

어제 문득 광명시에 살 때 퇴근하는 나를 기다리던 정육점 아저씨가 생각났다. 소가 들어오면 등골 같은 좋은 부위를 꺼내 놓고 한 잔 하자던 분. 정육점 부부가 바쁘면 아내가 대신 가게를 봐 주곤 했지만 그때도 나는 아무 도움이 되지 않았다. 반지하라 홍수 때 물에 잠기는 일을 겪고는 떠나셨지만 꼭 만나 보고 싶은 분이다.

나이가 드니 챙겨 주어야 할 대상만 있다. 어머니, 동생들, 회사 직원들. 이제 나도 대접 받고 싶은가 보다. 산행 후 사우나에 가서 땀을 빼고 회사로 갔다가 잠시 잠이 들었다. 회사에서 영화를 한 편 보고 술을 마시고는 밤 11쯤 돌아왔다. 새벽에 깼지만 다시 누워 버렸다. 요 며칠 악몽에 시달렸다. 누가 자꾸 나타나 나를 괴롭힌다. 나에게 섭섭함이 있는 것 같은데 말해 주지 않는다.

한 편집자는 그제 페이스북 메시지로 몇 년 만에 소식을 알려 왔다. 나는 그 편집자가 업계를 떠난 줄 알고 섭섭했다. 그런데 그 사이에 독립해 책을 여러 권 펴냈다는 사실을 알았다. 나를 만족시킬 만한 책을 펴내고는 찾아가고 싶었다고 했다. 그리고 내 블로그를 계속 봐 왔으니 내가 어떻게 살고 있는지는 알았단다. 아무튼 편한 사람과 만나 편하게 술을 마시는 것만큼 좋은 일이 있을까!

검정고무신과 아버지

| 2013. 09. 04 |

나는 어제 번역가 강주헌 선생의 부친상을 다녀오는 전철 안에서 제11회 사계절문학상 대상 수상작인 『더 빨강』(사계절)을 읽었다. 주인공 길동이 일곱 살 때 이삿짐센터를 운영하던 쉰일곱의 아버지 길재덕은 사고로 뇌를 다쳐 일곱 살의 어린아이가 되어 버린다. 치킨집을 하는 엄마와 형을 대신해 아버지를 돌보는 일은 길동의 몫이었다. 다치기 전의 아버지는 결코 다정하고 인자한 성격이 아니었다. 신경질적이었고 사나웠으며 잘못을 다른 사람에게 돌리는 사람이었다. 장수하늘소 애벌레에 빠져 있다고 밥상을 엎어 버리고 애벌레를 밟아 죽이는 아버지였다.

심사위원은 이 소설을 "우리 시대 청소년들의 자화상을 자연스러운 본능과 더불어 정직하게 투영했다는 점이 충분한 공감대를 형성했다. 십대 소년의 자연스러운 본능인 '성욕'과 어린아이로 돌아간 아버지의 '동심', 그리고 매운맛에 집착하는 소녀의 이야기가 '빨강'이라는 이미지로 선명하게 떠오른다"고 평했다.

나는 『더 빨강』을 읽다가 아버지 생각에 눈물이 났다. 내가 초등학교 2학년 때였다. 아버지가 새로 사 주신 검정고무신을 신고 학교에 간 첫날 그만 잃어버렸다. 그런데 그것이 처음이 아니었다. 할 수 없이 선생님의 실내화를 빌려 신고 집으로 왔다. 그때 나는 물바가지를 뒤집어썼고 홀딱 벗겨 집에서 쫓겨났다. 어떻게 일이 수습되고 나는 아버지와 다시 학교로 갔다. 선생님이 왜 왔 냐고 물어보시길래 나는 "학교 그만두려고요"라고 말할 수밖에 없었다. 아버지에게 얻어맞으면서 그런 학교 이제 그만두라는 이 야기를 수없이 들었기 때문이다.

사람 좋던 선생님은 껄껄 웃기만 하셨다. 그러고는 아버지와 술집으로 술을 한잔하러 가셨다. 아마 그날의 술값은 고무신 몇 켤레 값은 되었을 것이다.

나중에야 그날 아버지는 고향의 동생에게 돈 좀 부쳐 달라고 편지를 써 놓고도 우표 한 장 살 돈이 없어 망연자실하게 마루에 앉아 있다가 내 꼴을 보셨다는 사실을 알게 되었다. 이 이야기는 내 자서전 『열정시대』(교양인)에도 나온다.

새 국을 끓이며

| 2013. 09. 08 |

술에 취해 들어온 날 새벽에 깨어 보면 어김없이 내 방의 창문은 닫혀 있고 이불은 덮여 있다. 무릎 관절이 안 좋아 집 안에서도 지팡이를 짚고 다니시는 어머니건만 이렇게 알뜰살뜰 챙기신다. 세탁기를 돌리지 않는다고 나를 채근하시는 것도 늘 어머니다.

하지만 유일하게 예외인 것이 있다. 어머니는 어쩌다 입맛에 맞지 않는 국은 그냥 내버려 두신다. 여름에는 국을 그대로 두면 금방 쉬고 만다. 말씀을 하시면 될 텐데 마음이 약해 그러지 못하시고 이렇게나마 속내를 드러내신다. 그럴 때면 나도 조용히 그 마음을 읽고 새로운 찌개나 국을 끓이곤 한다. 이라도 튼튼하면 얼마나 좋을까!

어제 끓인 전복을 넣은 된장찌개는 마음에 드셨던 모양이다. 냉장고를 열어 보니 남은 찌개가 안에 들어 있었다. 그러나 나는 감자를 넣은 소고기 무국을 다시 끓였다. 하루 종일 아침에 끓여 놓은 찌개만 드시느라 질릴 법도 하셨을 터이니 주말만이라도 매 끼니 다른 국을 드시게 하고 싶었다. 그래서 어제 된장찌개는 내 몫이다. 밥을 하는 것만큼은 어머니 일로 남겨 두었는데 찬밥이 남으면 늘 내가 먹으니 매끼 정확하게 양을 지키신다. 가끔 내가 어머니를 모시는 것인지, 어머니가 나를 챙기시는 것인지 헷갈린다.

자식이 자주 찾아야 최고

| 2013. 09. 10 |

어제 뇌경색으로 쓰러지셨다가 90퍼센트쯤 회복하신 어머니와 함께 살게 되었다는 한 사내와 만났다. 그 사내는 40대 싱글이었다. 그는 일부러 누나 곁으로 이사를 하는 등 어머니를 모실 준비를 끝냈다고 했다. 나는 어머니와 함께 사는 것의 행복함에 대해 이야기했다. 그 사내도 행복해했지만 오랜 병마를 겪었으니 많이 힘들었을 것이다. 몇 년 동안 간병인을 두고 지방의 병원에 오가는 아들 역할이 쉽지 않았을 게 분명하다. 90퍼센트쯤 회복된 것은 어머니에 대한 자식들의 깊은 애정 때문이었을 것이다. 모처럼 기분 좋게 술을 마셨다.

노인병원의 서열은 자식의 재산이나 권력으로 결정되지 않는다고 한다. 자식이 많이 찾아오는 이가 가장 큰소리치며 산다고 했다. 노인병원에서 노인들은 찾아오지 않는 자식에 대해 자랑을 많이 늘어놓다가도 결국 자주 찾아오는 자식을 둔 이에게 굴복하고 만다고 했다.

『아흔 개의 봄』(김기협, 서해문집)이나 『엄마는 어쩌면 그렇게』

(이충걸, 예담)를 읽은 소감을 나누며 나중에 어머니를 모시고 함께 만나자는 이야기도 나눴다.

어제는 회의에 손님까지 찾아와 내 일을 하기가 어려웠다. 한 분은 나를 진즉 찾아오고 싶었지만 너무 바쁜 것 같아서 그러지 못했다고 했다. 나는 "바쁜 것은 한기호 사정이지 본인 사정은 아니지 않느냐!"는 정신으로 살지 않으면 어떻게 세상을 이겨 내겠느냐며 내 경험을 이야기해 주었다.

그리운 아버지의 등

| 2013. 09. 17 |

『고맙습니다, 아버지』(지식의숲)의 저자 신현락은 초등학교 교사이다. 나보다는 2년 연하다. 하지만 책의 1부에 나오는 고무신, 국민교육헌장 외우기, 옥수수빵 배급, 시래기 된장국, 기성회비, 쥐꼬리 숙제 등의 이야기를 읽으니 나와 같은 시대를 산 이가 맞다. 그래서인지 마치 형제 같은 느낌이 든다.

초등학교 6학년 때 담임선생님은 아산호에 빠져 죽은 사람의 시체를 건지러 가시면서 나와 친구에게 시험 채점을 시키셨다. 선생님은 돌아오셔서 교실에서 팬티를 갈아입으셨다. 그때 아들이 집으로 오지 않은 것을 걱정한 친구의 어머니가 학교로 오셨다가 선생님의 모습을 보시고 말았다. 그걸 보고 우리가 크게 웃었더니 선생님은 깜짝 놀라 "너희 왜 웃어?" 하고 물었다. 그때 내 친구의 대답이 걸작이었다.

"배가 고파서요!"

그날 우리는 학교에서 나누어 주던 옥수수빵을 결국 얻어먹지 못하고 삘기를 뜯어 씹기도 하고, 아카시아 줄기를 꺾어 씹기도 하면서 집으로 갔다. 그러다 친구의 이어지는 재담에 고픈지 아픈지 모르는 배를 안고 뒹굴며 웃었다. 담임선생님이 옥수수빵이라도 주고 가셨으면 우리는 배가 고프지 않았을 텐데.

검정고무신을 신고 갔다가 몇 번이나 잃어버린 일, 국민교육헌장을 모두가 외워야 했던 일, 기성회비를 가지고 오지 않았다고 자주 혼나던 일, 쥐를 잡아 꼬리만 잘라 학교에 가지고 가던 저자의 일은 모두 내 이야기이기도 했다. 저자와 만나 어린 시절을 이야기하면 정말 재미있을 것 같다.

하지만 나와 다른 것이 있다. 저자는 아버지를 성장 모델로 삼았단다. 나는 그렇지 못했다. 술을 드시고 오신 날 아버지는 주정이 심하셨다. 그 모습이 너무 싫었다. 나는 아버지와 같이 있는 것이 싫었다. 하긴 고등학교 1학년 때 입주 가정교사로 들어가며 아버지와 함께 산 기간은 정말 얼마 되지 않는다. 어쩌다 집에 들르면 할머니는 늘 마지막이라는 심정으로 당신이 하신 따뜻한 밥을 나에게 먹이려 하셨다. 할아버지, 할머니의 정이 아니었으면 나는 집에 가지도 않았을 것이다.

아버지가 돌아가신 지 5년. 자주 아버지가 그립다. 언젠가 전화를 걸어서는 미안하다며 한참을 우신 적이 있다. 나는 '아버지와 꼭 함께 살아 보고 싶다'고 달랬다. 아버지는 그 말을 들으시더니 정말 좋아하셨다. 그러나 나는 그러지 못했다. 아버지는 관절염약을 장복하는 바람에 신장이 상해 대장이 터지고 말았다. 5년 전

추석에는 수술하신 몸으로 차례를 주도하시며 음복도 하셨다. 그러나 밖으로 달고 있던 장기를 속에 넣는 수술을 하고 퇴원하시던 날 다시 쓰러지신 뒤 영원히 일어나지 못하셨다.

너무 갑작스런 이별이었다. 중환자실에 누워 계실 때에는 방법이 없었다. 많이 미안했다. 그렇게 헤어질 줄 알았으면 좀 더 잘할걸 하고 수없이 후회했지만 그게 무슨 소용이랴. 지금 살아 계신다면 수산시장으로 달려가 회를 떠 와서 술잔을 기울이며 과거를 추억할 수 있을 텐데 이제 그런 날은 결코 오지 않는다. "아버지의 등은 자식의 영역에 속한다"고 말하는 저자는 '아버지의 등'이라는 장에서 이렇게 쓰고 있다.

"내가 기댈 아버지의 육체적인 등은 이제 없다. 그러나 잃어버린 낙원인 에덴이 어딘가에 반드시 있다고 믿는 사람들처럼 나는 아버지의 영혼의 등을 믿는다. 아버지의 등이야말로 사랑이 가득한 나의 최초이자 최후의 고향이다. 지금까지 나는 세상살이에 힘들고 지칠 때 아버지의 영혼의 등에 기대어 휴식을 취하고 다시 살아갈 힘을 얻었다.

아버지는 가고 이제는 내가 등이 되어 줄 자식이 내 등 뒤에 있다. 한때는 '자식들이 혹시 아버지의 등짐이 아니었을까'라는 생각을 했지만 나는 자식을 업으면서 몸으로 깨닫게 되었다. 해가 갈수록 무거워지는 자식을 업을 때마다 내 마음은 점점 든든해져 갔다. 자식은 짐이 아니라 힘이었던 것이다. 그것은 오직 아버지가 되어 본 사람만이 느낄 수 있는 사랑의 힘이다. 사랑이 아니라면 자신보다 더 큰 자식을 업고 병원을 향해 뛸 마음을 낼 수 없다."

마당의 펌프 물로 아버지의 등목을 해 드리던 어린 시절이 생각난다. 아버지의 등이 새삼 그립다. 저자는 "인생에서 한 번쯤은 간절하게 아버지를 찾고 싶은 마음이 찾아온다. 지금이 그 순간이다"라고 말한다. 나도 정말 지금 이 순간만은 굽은 아버지의 등이 무척이나 그립다.

인간만의 늙어 가는 방식

| 2013. 11. 05 |

『페코로스, 어머니 만나러 갑니다』(라이팅하우스)는 환갑을 넘긴 대머리 아들이 치매 어머니를 돌보는 일상을 사랑스러우면서도 유머러스한 터치로 그려 낸 만화책이다. 상당한 양의 에세이도 중간중간 삽입되어 있다. '페코로스'는 '작은 양파'라는 뜻이다. 저자인 오카노 유이치가 대머리라서 붙은 별명이다. 유이치는 "깊숙한 포구를 둘러싼 계곡 중턱의 한 동네"에서 태어났다. '학(鶴)의 항구'라 불리는 "비좁은 포구의 맞은편에서 온종일 조선소의 망치 소리가 거리의 소란스러움에 녹아드는 동네"에서 말이다.

"환청과 환각 속에서 허덕이는 아버지를 버리고, 칼을 든 아버지를 피해 이리저리 도망치는 어머니를 버리고, 의식에 파고드는 촉수 같은 층층계단의 동네를 버리고, 말 그대로 도망치듯 떠나버렸다. 스무 살 때였다."

"아버지는 미쓰비시 나가사키 조선소에 입사하여 그곳에서 전쟁과 전후를 겪으며 정년까지 근무한, 뿌리부터의 '조선 맨'이다. 겉으로 보기에는 온후하고 부처님 같은 성품의 아저씨였지만, 실제로는 사람을 싫어하고 병적으로 내성적인 성격이었다. 언제부터인지는 확실하지 않지만 환청과 환각의 병을 앓고 있었다."

나도 아버지의 폭력에 시달렸다. 6·25 전쟁 직후에 아버지는 5년 동안이나 해병대 군인이었다. 그때 당한 가혹한 폭력으로 나이가 들어서는 평생 관절염에 시달리셨다. 한쪽 다리에는 쇠를 박았다. 돌아가신 뒤 화장을 하고 난 다음 남았던 쇠를 보고 나는 억장이 무너졌다.

남에게는 한마디라도 나쁜 이야기를 하지 못하는 아버지는 술만 드시면 집에서 폭력을 휘둘렀다. 아내가 둘인 할아버지는 작은 아내에게는 고향의 사과밭과 농토를 일부 떼어 주고 큰 아내와 식솔들을 끌고 평택으로 올라와 농토를 샀다. 하필이면 그게 천수답이었다. 비가 오지 않으면 나도 들판에서 하루 종일 물을 퍼서 하늘로 던져야 했다. 마른 논바닥에 물을 퍼서 하루 종일 던지는 일을 경험하지 않은 사람은 그 힘겨움을 알기 어렵다. 그 농토마저도 소유권 분쟁에 휩싸여 결국은 빼앗겼다. 아버지는 정말 지쳤을 것이다. 너무 지치니 술을 드셨을 것이다. 아마도 할아버지에 대한 아버지의 반항심이 아내와 자식에 대한 폭력으로 이어지지 않았을까? 할아버지는 자식이 고주망태가 되어 들어와 행패를 부려도 "가서 자라" 하고는 아무 말씀이 없으셨다.

유이치는 "도쿄의 작은 출판사에 들어가 이십대와 삼십대의,

아마도 인생에서 가장 아름다운 시기를 그곳에서 보냈다." 그리고 이래저래 사연이 있어서 나이 마흔에 이혼을 하고 어린 아들을 데리고 고향 나가사키에 돌아왔다. 거품 경제가 막 꺼지기 시작할 때였다. "비스듬한 풍경, 나뭇가지 사이의 햇살 속에서 내 발치에 몸을 비비며 다가오는 고양이는 없었지만, 마침하게 늙어버린 크레인 사우루스, 나의 아버지와 어머니는 있었다. 아버지는 술을 끊고 온후하고 점잖은 영감님이 되어 있었고, 어머니도 아직 건강했다. 늦지 않게 돌아왔구나, 하고 생각"했다.

"아버지는 점점 더 비쩍 마르다가 여든 나이에 세상을 떠났다. 등에 날개를 감춘 채." 아버지가 돌아가신 그 해에 어머니의 치매 증세가 시작되었다. "휠체어에 앉은 어머니의 등에는 이 세상에 며칠밖에 머물지 못했던 셋째가 보이지 않는 포대기 끈으로 아직도 업혀" 있었다.

어느 날 유이치가 요양병원에 들렀더니 그곳 직원이 어머니가 밤늦게까지 바느질을 하고 계신다고 말했다. 어머니는 침대에 앉은 채 이불 끝을 잡고 양손을 바느질하는 것처럼 움직이고 있다. 마치 바늘을 들고 뭔가를 꿰매는 것처럼 골똘하게. 뭐 하시느냐고 물어보니, "옷 기우고 있어"라고 답한다. "누구 옷을 기우는데요?"라고 하니 "우리 아들 옷이지"라고 대답했다. 누군가와 이야기하는 듯한 기척에 누가 옆에 계시냐고 물으면, "애들 아버지가 왔어. 그 양반 단벌옷도 얼른 기워줘야 해"라고 답했다. "아버지는 그저 조용히 어머니 옆에 있었다."

아버지가 돌아가신 후 내가 집에 전화를 걸면 어머니는 나를 알아보지 못했다. 그래서 전화를 건 다음 조금 있다가 전화를 거니 내가 전화를 걸었다는 사실도 모르고 있었다. 동생들 말을 들으니 어머니는 자식들 밥도 못해 주니 죽어야 한다며 이불을 뒤집어쓰고 죽으려 든다고 했다. 내가 시골로 내려갈 수 없어 어머니를 서울로 모셨다.

처음에 어머니는 꼼짝 않으셨다. 나는 갑자기 '주부'가 되니 힘들었다. 아내와 이혼하고 나는 구질구질한 모습을 보이기 싫어 언제나 양복에 넥타이 차림이었다. 주부가 되니 그럴 시간이 없었다. 나는 청바지를 여러 벌 샀고 상의도 다림질이 필요 없는 옷만 입고 다녔다.

2009년 후반기부터 2010년 상반기까지 8개월의 연재가 끝나자 엄지발가락 근저가 부어올랐다. 한의원에 가니 통풍이라고 했다. 도저히 견딜 수가 없었다. 작은딸에게 운전대를 맡겨 춘천으로 가서 벌침을 맞았다. 벌침을 여러 번 맞으니 겨우 가라앉았다.

한참 연재를 할 때였다. 토요일에 나는 새벽 6시부터 저녁 11시까지 책상 앞에 앉아 있었다. 그 모습을 보고 딸이 내게 소리쳤다.

"야, 인간아! 오십이 벌써 넘은 사람이 죽으려고 환장했어! 아무리 바빠도 잠시 스트레칭이라도 하고 그래요."

나는 책상 앞에 앉아 서서 소리치는 딸에게 한참을 혼나며 딸의 사랑을 흠뻑 느꼈다. 그 모습을 보고 어머니가 혼자 중얼거리셨다.

"자식이 저렇게 힘들게 일하는 줄도 모르고⋯⋯."

아마 어머니는 그동안 내게 섭섭한 마음을 품고 계셨던 모양이다.

어느 해 추석인가 나는 일본 출장을 다녀왔다. 그때 동생들이 모두 왔는데도 어머니는 "왜 아무도 안 오냐?"고 물으셨단다. 동생들은 아연실색했겠지만 어머니에게는 장남이 '전부'였던 것이다. 그런 내가 자주 내려오지 않으니 가슴에 응어리를 품고 계셨던 것 같다. 하지만 내가 딸에게 혼이 난 그날 이후 어머니는 달라지기 시작했다. 처음에는 전기밥통 작동법을 물었다. 그리고 그날부터 한 팔을 싱크대에 기대고 쌀을 빡빡 씻어 밥을 안치셨다. 다음에는 세탁기 작동법을 물으시더니 빨래도 하셨다. 하루는 대걸레를 사다 달라 해서 나는 모른 체했다. 그랬더니 여동생에게 부탁해 여동생이 대걸레를 사 왔다. 그러나 어머니는 집 청소는 포기하셨다. 안방 화장실에 가실 때에도 지팡이를 짚고 다니시는 분이니 대걸레를 잡고 중심을 잡으실 수 없었던 것이다.

나는 이후 어머니의 모성 본능을 끊임없이 자극했다. 어머니는 달라지기 시작했다. 꼼꼼한 성격의 어머니는 세세한 것을 일일이 챙기셨다. 전기 코드도 다 빼놓으셨다. 설거지는 언제나 어머니 몫이었다. 나는 너무 커서 어머니가 처리하기 어려운 것이 있을 때나 과도한 양일 때만 나서서 설거지를 한다. 그러면 어머니가 소리치신다.

"니가 설거지를 제대로 할 줄 아나!"

그런데 아무리 모성 본능을 자극해도 안 되는 것이 있다. 어머니가 갈질을 하는 건 위험하니 찌개를 끓이는 것은 여전히 내 몫이다.

『페코로스, 어머니 만나러 갑니다』가 세상에 나오는 데 결정적인 역할을 하고 책에 추천사까지 쓴 시인 이토 히로미는 "나는 페코로스 씨에게서 만화의 재미뿐만 아니라 부모님의 치매를 뒷바라지하는 힘겨운 터널을 뚫고 온 자로서 동지와도 같은 느낌을 받았습니다. 인간에게는 인간만의 늙어 가는 방식이 있구나, 살아가는 방식이 있구나, 죽어가는 방식이 있구나, 라고요. 그리고 인간에게는 인간만의 뒷바라지 방식이 있구나, 라고요"라며 이 만화의 가치를 평가하고 있다.

나는 언제인가부터 나보고 어머니를 요양원에 모시라고 하는 이는 되도록 만나지 않고 피하려는 습관이 생겼다. 저마다 사정이 있겠지만 "요양원에 모시니 편하더라, 요양원도 요즘 괜찮다"는 이야기를 쉽게 내뱉는 사람에게는 인간미가 아닌 두려움을 느꼈는지도 모른다. "인간에게는 인간만의 늙어 가는 방식"과 "살아가는 방식"이 저마다 있겠지만 나는 어머니가 돌아가실 때까지 어머니의 모성 본능을 자극해 어머니가 인간의 자존심을 최대한 끝까지 지키도록 해 드리고 싶다. 그게 나만의 '뒷바라지 방식'이다. 나는 요즘 어머니에게 사랑한다는 말을 입에 달고 살아가지만 어머니 앞에서 술을 마시고 고꾸라지는 모습도 편하게 보여 드리곤 한다. 이런 불효자식이 없겠지만 그것을 나는 나만의 효도 방법이라고 생각한다.

얼마 전 친구가 부친상을 당했다. 친구의 아버지는 40년을 앓으셨다고 했다. 나는 어머니부터 챙기라고 했다. 인간의 가장 큰 스트레스는 배우자와의 사별이다. 그 직후 치매에 이르는 경우가 많다. 유이치의 어머니도 그랬고 내 어머니도 그럴 뻔했다. 다행히 친구네는 외손녀가 짐을 싸 들고 할머니 곁으로 갔다고 했다. 그 친구도 어머니를 잘 모실 것이다.

국화꽃 여섯 다발

| 2013. 11. 28 |

2002년 나는 아내와 헤어지고 난 뒤 남에게 구질구질하게 사는 모습을 보이기 싫었다. 그래서 양복에 하얀 와이셔츠, 넥타이 차림이 기본이었다. 그리고 집에 들어올 때는 신촌 근처의 그랜드백화점에서 소주를 사와 집에서 혼자 술을 마시곤 했다. 작은아이는 이 모습에 충격을 받아 술을 절대 입에 대지 않았다. 회사에 다니면서 처음으로 술에 취해 집에 들어온 적은 있다. 나는 큰아이에게 코디해 주는 조건으로 용돈을 매달 50만 원을 주기도 했다. 물론 이 용돈은 딸아이의 40일간 배낭여행을 지원하기 위한 것이었다.

이 생활을 포기한 것은 어머니가 오시고 나서였다. 그때 나는 시간과의 싸움을 벌여야 했다. 그래서 놀러 다니는 청년처럼 옷을 입고 다녔다. 남의 이목은 중요하지 않았다. 그저 내가 편하면 그만이라고 생각했다. 강연 중에 이혼 사실도 자연스럽게 밝혔다. 하나도 부끄럽지 않았다.

어제 김형경의 『남자를 위하여』(창비)를 완독했다. 손님이 찾아오고 중요한 일을 한 것을 제외하면 쉬지 않고 읽었다. 작가가 워낙 심리 에세이의 대가라 글이 쉽게 읽혔다. 책 속에는 남자의 다양한 모습이 투영되어 나타났다. 책에는 "여자가 알아야 할 남자 이야기"라는 부제가 붙어 있지만 남자든 여자든 인간을 이해하기 위해 누구나 읽어 보아야 할 책이었다. 작가는 나보다 두 살이나 어린데 나보다 더 남자, 아니 인간을 잘 포착하고 있었다. 인간 심리 분야의 책을 많이 읽었기에 가능한 일이겠지만 책을 읽으면서 자주 가슴이 철렁 내려앉곤 했다.

"사실 내면에서 남자들은 너무나 많이 사랑을 갈구하고, 위로 받고 싶어 한다. 하지만 감정적인 것을 표현하면 남자답지 않다는 말을 자주 들었기 때문에 오래도록 감정을 억눌러왔다. 감정을 숨기는 것이 사회적으로 자기를 지키는 법이라고 배웠다."

"술을 따라주는 것이 안부를 묻는 것이고, 술잔을 서로 부딪치면서 상대를 위로하고, 각자 자기 잔의 술을 마시면서 슬픔을 느낀다. 술자리에 마주 앉기, 술 마시기, 함께 취하기. 그 모든 것을 뭉뚱그려서 남자는 위로라고 생각한다. 그들은 서로 위로하는 말을 할 줄 모르고 상대방을 감싸안아 편안하게 해주는 행동을 할 줄 모른다."

글을 옮겨 적으며 내 생각을 적다 보니 2부가 끝났다. 하지만 내가 정작 재미있게 읽은 것은 3부와 4부였다. 밑줄을 그으며 접어 둔 곳은 책의 뒷부분에 더 많았다. 하여튼 이 책을 읽으며 나라는 미완성의 존재가 이 세상에 저질러 놓은 악행에 대해 많은 생각을 했다. 내가 책에만 빠져 있는 것도 병일 것이다. 그러나 어쩌겠는가? 병도 나의 일부인 것을. 아마 내가 이 책을 어릴 때 읽었다면 내 생은 지금 이리 쓸쓸하지 않을 것이다.

지금도 늦지 않았다고? 한때 한 여인을 만나러 국화꽃을 사들고 지방으로 쫓아다닌 적이 있다. 그 여인은 나하고 헤어지고도 이사하면서 내가 준 말라비틀어진 국화꽃 여섯 다발을 갖고 갔다고 했다. 왜냐고? 그때 사랑했던 순간만큼은 진심이었기에 그 감정을 놓치고 싶지 않았단다. 내 생애 처음으로 한 여인에게 바쳤던 열정을 생각하면 쓴웃음만 나온다. 나는 이제 혼자 사는 것에 아주 익숙해져 있다. 그래서 그저 하던 일이나 열심히 할 생각이다.

술과 어머니

| 2013. 12. 07 |

아무래도 술을 끊어야겠다. 연재 원고를 제외하고 올해 원고를 모든 끝낸 어제는 홀가분한 마음에 술을 마시고 싶었다. 많이 마시지 않고 11시쯤 귀가했는데도 요즘 어머니의 불만이 높아지셨다. 아마도 혼자 계시는 시간이 싫으신 모양이다. 아침에 "엄마! 사랑해!"하며 뺨에 뽀뽀를 했더니 사랑이니 뭐니 그따위 소리 집어치우고 제발 술을 마시지 말라고 하셨다. 산에 간다고 할 때마다 "산에 간다고 건강이 좋아지나! 술 안 마시는 게 더 중요하지!"라고 하셨는데 뭔가 특단의 대책이 필요한 것 같다. 그제는 술을 마시지 않고 일찍 귀가했지만 아무 소용이 없었다.

오늘은 안면도 제자들과 망년회 하기로 한 날이다. 안면도에서 헤어진 지 32년 만에 처음 있는 일이니 내가 어찌 안 갈 수 있겠는가? 인천에서 7시 약속이라 저녁 준비를 해 놓고 가겠다니 혼자서는 안 드시겠단다. 외출을 포기할 수도 없고 답답했다. 아버지 제사 때문에 동생들은 밤늦게나 올 텐데 죽을 시켜 드리겠다고 해도 대답을 회피하신다.

요즘 많이 외로우신 모양이다. 연말이라 약속은 많은데 당장 올해를 어떻게 넘기나 싶다. 앞으로 적어도 10년은 어머니하고 살 생각을 하고 있는데 해가 갈수록 불만이 심해지실까 참으로 걱정이다. 자식 노릇 하기가 정말 쉽지 않다.

저런 자식을 두고 어떻게 죽노!

| 2013. 12. 26 |

알츠하이머성 치매로 오락가락하는 老母/ 옛 기억이 되살아나시는
지 밥 안치는 일을 자청하신다/ 손목 아래로 빚어지는 정겨운 리듬/
썩썩 써스럭, 써-억 써억 썩/ 바가지가 요란해진다/ 쏟아지는 수돗
물이 시원타며 손등이 웃고/ 어둑한 집 안의 오후가 환해진다// 어
머니 일흔아홉이니/ 쌀 씻어 밥 안치는 일은 칠십 년은 됐으리라/
짚풀은 부지깽이로 아궁이에 넣어 지피고/ 한참 후엔 전기밥통에
쌀 씻어 안쳤으리라

―「환생」

강형철 시인은 1955년생이다. 시인의 어머니는 알츠하이머성
치매로 정신이 오락가락 하신다. 어느 날 정신이 돌아온 어머니
는 쌀을 씻어 밥을 안치신다. 그 모습을 지켜보는 아들은 갑자기
기분이 좋아져 "엄니, 다시 시집가도 되겠네" 하고 농담을 한다.

어머니는 내게 오시고 2년 반쯤이 지난 어느 날 전기밥통 조
작법을 물으셨다. 도우미 아주머니 덕분에 2년 반 동안 밥을 하신

적이 한 번도 없었지만 바쁜 장남의 일을 도와주려고 나선 것이
다. 그 후로 어머니는 두 번 다시 묻지 않으시고 정확하게 새벽 6
시만 되면 일어나셔서 밥을 하신다.

일어나시면 덧신부터 신으셨다. 할머니가 시골집의 재래식 화
장실에 다녀오다가 넘어지는 바람에 골반을 다쳐 몇 년을 누워
있다가 돌아가신 기억 때문인지 어머니는 한여름에도 꼭 덧신을
신으셨다. 지팡이를 짚고 주방에 나오셔서는 오른팔을 싱크대에
기대고서 왼손으로 빡빡 쌀을 씻으셨다.

하지만 동생이나 며느리가 오는 날에는 안방에서 나오지 않
으신다. 그러니 아침밥은 장남에게만의 배려다.

오늘 새벽 내내 나는 글을 쓰고 있었다. 어머니가 부엌으로 나
오시며 내 걱정이다. 그렇게 잠을 자지 않고 어떻게 사람이 사느
냐고. 내가 깜빡 휴대전화를 놓고 나오면 "야야!" 하고 크게 소리
치신다. 얼른 휴대전화를 챙기면 "그런 정신으로 어떻게 사느냐"
고 핀잔을 주기도 하신다. 강 시인의 어머니는 자식이 공부하겠
다고 나서면 자식에게 방해가 되지 않기 위해 바로 잠을 주무셔
서 수면제가 필요 없다고 한다. 6년 동안 치매를 앓으면서도 그만
한 수면제가 없다는 것이 놀랍다. 이 시대의 어머니는 누구인가?
함께 살아 본 이가 아니면 이런 마음을 이해하지 못한다. 강 시인
의 어머니는 마치 내 어머니 같다.

며칠 전 나는 '건강수명'을 이야기했다. 고령사회의 한가운데

에 있는 일본의 경우 후생노동성의 통계에 따르면 2012년 일본인 '평균수명'은 남성이 79.94세, 여성이 86.41세였지만 병에 걸려 일상생활을 할 수 없는 기간과 보살핌이 필요한 기간을 빼고 건강하게 살 수 있는 '건강수명'은 남성이 70.42세, 여성이 73.62세였다.

따라서 남성은 6.32년, 여성은 12.79년을 죽기 전에 골골하며 지내야 한다. 건강하지 않은 분을 13년이나 모신다는 것은 굉장히 힘든 일이다. 하지만 나도 어머니를 모시면서 강 시인처럼 "어머니에게 개인지도 받는다"는 느낌으로 산다.

장남이라면 모든 것을 희생하려는 어머니의 마음을 '악용'해 밥도 짓게 하고, 자잘한 설거지도 맡겨 버린다. 그게 어머니가 자존감을 지키시며 사시는 것이라 믿기에. 나는 우리 집안의 내력으로 볼 때 적어도 10년은 더 사실 어머니가 최대한 건강하게 사시길 바란다. 그러니 어머니를 움직이시게 해야 한다. 그러기 위해서는 언제나 착한 아들이어서는 안 된다. "저런 자식을 두고 내가 어떻게 죽노!" 하는 생각을 하시면서 속이 좋지 않아도 밥을 꼬박꼬박 드시게 해야 한다. 내가 이런 못난 심보를 가진 것을 알면 어머니는 뭐라고 하실까?

동생 이야기

하루는 동생의 전화에 쌓여 있던 일을 미루고 바로 집으로 달려
갔다. 그날 나는 소주 한 병, 동생은 캔맥주 두 캔을 마셨다. 동생
은 평상시에 술을 마시지 않다가 한 번 입에 대면 걷잡을 수 없
이 마시는데 그 이유는 외로움 때문이었다. 나는 각자 최소한의
술을 마실 것과 밥은 꼭 먹는다는 조건을 달고 함께 술을 마셨다.
어머니는 크게 걱정하시는 얼굴이었지만 나는 개의치 않았다. 내
처방이 의사의 처방 이상이라는 확신이 있었다. 그러면서 나는
동생의 이야기를 많이 들었다. 그리고 그동안 내가 참으로 한심
한 인간이었다는 것을 다시 절감했다.

　내가 대학을 다닐 때 동생은 고등학교 진학을 포기하고 내게
왔었다. 그때 집안 사정은 최악이었다. 오죽했으면 동생이 검정고

시라도 해 보려고 고학생인 내게 왔을까? 그때 나는 세상과 사투를 벌이고 있었다. 대학신문사 기자(나중에 편집장이 되었다)가 유일한 동아줄이었다. 당시 나는 글로 세상을 바꿀 수 있다는 무모한 생각을 했던 건 아니었을까?

동생은 훔쳐 먹지 않은 고구마를 훔쳤다고 마을방송부터 한 이장 아줌마가 자취집으로 찾아왔을 때, 주인집 할머니가 "우리 집 광에 고구마가 가득해도 밥을 굶을지언정 하나도 훔쳐 가지 않는 착한 학생인데 무슨 이야기냐"며 동생 편을 들어 주었다는 이야기를 했다. 그 이후 그 집의 대소사에 늘 다녀왔다는 이야기와 리어카를 끌고 금강 둑으로 가 풀을 베어 와서 군불을 때며 함께 잔 이야기 등 나는 기억하지 못하는 많은 이야기를 했다.

동생의 이야기는 어머니와 셋이서 드라마를 보는 중에도 이어졌다. 나는 들으면서 '그랬냐'란 말만 반복하고 동생 혼자서 과거를 추억했다. 동생의 입에서는 그리운 이름들이 많이 나왔다. 선후배와 친구들이 굶고 있는 내 동생을 남몰래 챙겨 주었다는 걸 그제야 알았다. 동생은 늘 공주 시절이 가장 행복했다고 말해 왔지만 나는 가난했던 그 시절을 잊고 싶었던 걸까? 동생의 입에서 그 이야기가 나오니 신기했다. 그 시절 동생은 많은 이로부터 사랑을 받았다. 나도 다르지 않았을 것이다. 그런데 나는 왜 그 시절을 잊고 있었을까?

나도 간간이 기억은 난다. 라면 하나를 물을 가득 넣고 끓여

함께 나눠 먹었던 일, 전막의 정육점에서 돼지비계만 사다가 김
치찌개를 끓여 먹었던 일, 김장을 100포기나 해서 동생을 시켜
친구들에게 나누어 주었던 일, 동생이 교미 중인 뱀을 잡아왔던
일 등. 정말 살아남기 위해 몸부림치던 시절이었지만 집에다 힘
들다고 연락을 한 적은 한 번도 없었다.

　동생과 긴 이야기를 나눈 날 밤 나는 일찍 잠들었다. 잠이 든
짧은 시간에 수많은 얼굴들이 나타났다. 다들 지치고 힘든 모습
이었는데 그들을 내가 품어 주는 꿈이었다. 동생 병의 원인은 바
로 나였다. 내가 가끔씩 동생의 이야기를 들어 주기만 했어도 그
렇게 혼자서 자폭해 가며 격하게 술을 마시지는 않았을 것이다.
스스로 제어하지 못할 정도로 술을 마시는 것은 이야기를 들어
줄 대상이 존재하지 않았기 때문이었을 것이다.

　조만간 동생과 함께 공주라도 다녀올 생각이다. 함께 자취하
던 시목동과 금강 둑, 곰나루, 무령왕릉 등을 거닐며 옛날이야기
를 더 들을 생각이다. 동생의 이야기를 들으며 나는 유년기의 기
억을 회복하는 느낌이 들었다. 나와 술을 마시기 전에 동생은 이
미 많이 회복돼 있었다. 어버이날을 챙기러 올라온 조카들에게
일일이 용돈을 주었다고 했다. 나는 일을 핑계로 사무실로 도망
갔는데 말이다. 마음의 짐을 하나 덜면서 내가 얼마나 비인간적
인 존재인가를 깨달았다. 일이라는 게 뭘까? 늘 내가 일에 미쳐
사는 바람에 모든 이들이 떠났다. 유일하게 곁에 남아 있는 사람

은 어머니 한 분이다. 나는 평생 사랑한다는 말을 할 줄 몰랐지만 요즘 어머니에게는 자주 한다. 덕분에 어머니는 자신감을 회복했다. 이제 동생이다.

나는 왜 그동안 외로움을 자처했던 것일까? 일이란 뭘까? 살아남아야 한다는 강박감? 평생 동안 책을 끼고 살았지만 책이 가르쳐 주는 교훈을 실천하지 못했다. 결국 내 삶이 허망했다. 지금도 늦지 않았는지 모른다. 내가 하는 일만이 중요한 것이 아니다. 모두 저마다의 삶이 가장 소중하다. 그 소중한 삶에 나는 전화 한 통 걸어 주는 아량이 없었다. 그러니 내가 외로울 수밖에 없었던 것이다. 이런 깨달음이 조금만 빨랐다면 어땠을까?

간병 일기
4

2014. 01. 14 ~ 2014. 05. 20

애정의 끈을 놓지 않기

| 2014. 01. 14 |

내가 어머니를 모시고 살면서 깨달은 것이 있다면 마지막까지 인간관계에 최선을 다해야 한다는 것이다. 평생을 자식들에게 헌신한 이에게 화를 낼 수는 없다. 그러나 모자지간이라고 처음부터 서로를 충분히 이해하는 것은 아니다. 아버지가 돌아가시고부터 모신 어머니는 어린아이처럼 변해 도우미 아주머니가 계셔도 처음에는 힘들었다. 그러나 단둘이 살아도 진심으로 대하니 어머니도 스스로 몸을 움직이는 등 달라지기 시작했다.

주말에 되도록 집에 있는 것은 어머니 옆에서 이런저런 이야기를 듣고 싶기 때문이다. 드라마를 보다가 말을 걸기도 하고, 동생들의 이야기도 묻는다. 그러다 보면 어머니의 인생을 이해할 수 있다. 지금은 어머니가 '은근히' 내게 화를 내시는 이유는 단하나이다. 내가 술을 마시고 집에 들어와 컴퓨터 앞에서 잠이 드는 것. 그런 이야기를 하시다가도 소녀처럼 웃으신다. 그러면 내가 꼭 안아 드리며 사랑한다고 뺨에다 뽀뽀를 해 드린다. 그래서 어머니는 내가 주말에 밖에 나가는 것을 많이 싫어하신다.

어머니에게 하던 버릇이 동생에게도 이어졌다. 동생은 평상시에 술을 마시지 않다가도 한 번 술을 입에 대면 대책이 없었다. 그 간격도 점점 짧아졌다. 다른 동생들은 특단의 대책이 필요하다고 했지만 대책이 있을 것인가? 그저 끝까지 믿어 주는 것뿐. 밤새 이야기를 들어 주고 낮에도 최선을 다했다. 하지만 동생은 마지막 순간 참지 못하고 술을 입에 댔다. 나는 어쩔 수 없이 동생을 병원으로 보냈다. 그게 마지막이었다. 동생은 요즘 달라졌다. 어떻게 달라졌냐고? 자신의 인생을 아끼기 시작했다. 그리고 어머니에게 더 잘한다. 덕분에 내가 요즘 많이 편해졌다. 형제간의 우정도 마지막까지 애정의 끈을 놓지 않는 것이 중요하다는 것을 느낀다.

어제 한 친구를 만났다. 내가 글이나 방송을 통해 비판을 할수밖에 없었던 친구였는데 많이 고맙다고 했다. 내 비판은 어디까지나 원론적이었고, 애정이 있었다. 친구는 인생의 큰 결정을 내렸는지 많이 편해진 듯했다. 책을 읽으면서 저자가 말하고자하는 바를 알아내듯이 사람과의 만남에서도 그게 저절로 느껴진다. 인생의 관록이랄까? 그 친구하고는 자주 만나게 될 것 같다.

나는 출판계에 일이 있을 때마다 '쓰레기'라고 목소리를 높였다. 하지만 나는 애정을 갖고 그리 했다. 가령 'KBS 어린이 독서왕' 건이 터졌을 때 나는 선정도서 40권이 모두 '쓰레기'라고 떠드는 바람에 과도하다는 비판을 받기도 했다. 사실 책에 '쓰레기'

가 있을 것인가? 질적으로 엄정하게 따지면 상, 중, 하 정도로 나눌 수 있을 것이고, 하급에 속한 책도 어떤 이에게는 도움이 되기도 할 것이다. 하지만 나는 선정도서 뒤에 '예상문제집'이 붙은 것을 보고 일괄적으로 '쓰레기'라고 했던 것이다. 그 덕에 선정도서를 펴냈던 일부 출판사 영업자들이 나를 죽일 놈이라고 떠들고 다녔다.

하지만 작년 하반기에 여기저기 강연을 다니면서 그 일로 내가 도서관 사서나 학교의 교사들에게 '점수'를 많이 얻었다는 것을 알 수 있었다. 하나의 문이 닫히니 다른 문이 열린 셈이다. 그들은 'KBS 어린이 독서왕'이 그대로 진행됐으면 독서운동이고 교육이고 다 끝날 뻔했는데 그게 좌절되는 바람에 그나마 숨통이 트였다고 말해 주었다. 그러면서 그들은 내가 하는 일에 대해서도 애정을 가져 주기 시작했다. 어제도 〈학교도서관저널〉의 정기구독이 7건이나 들어왔다. 신학기에는 하루에 수십 건도 들어오지만 엄동설한에는 없던 일이다. 그래서 새해의 예감이 좋다는 것이다.

당당하게 빈손으로

| 2014. 02. 02 |

신경림 시인의 신작 시집 『사진관집 이층』(창비)을 뒤늦게 읽었다. 1935년생이시니 신 선생님도 이제 내년이면 팔순이시다. 내가 온누리에서 편집자로 일하며 선생님과 『농민문학론』을 편서로 준비 중일 때가 1982년이니 32년이나 지났다.

신 선생님은 1971년에 8편, 1972년에 16편의 시를 여러 지면에 발표했고, 이 시들을 모아 시집 『농무』를 출판사 등록도 되어 있지 않은 월간문학사의 이름으로 1973년 봄 자비 출판했다. 이 시집은 제1회 만해문학상을 수상했는데 초판 이후 발표된 17편을 더 보태 1975년 3월에 '창비시선' 첫 번째로 다시 간행되었다. 내가 창비에 근무할 때는 『농무』가 해마다 몇 번씩 중쇄를 찍었다. 20만 부를 넘겼을 때쯤 선생님이 일본에서 그 얘길 하니 '0'을 하나 더 붙인 것이 아니냐는 사람이 있었단다. 하여튼 '시의 시대'에 이 시집은 독자들의 엄청난 사랑을 받았다.

『사진관집 이층』의 「세월청송로」라는 시는 "민병산 선생은 회갑 바로 전날 세상을 떴으니/ 세상에 만 예순해를 머문 셈이다"

라고 시작한다. 그리고 시의 제목이기도 한 민 선생님이 쓰신 글씨 한 폭에 대한 이야기가 나온다.

"歲月靑松老(세월 앞에는 푸른 솔도 견디지 못한다.)"

민 선생님은 나도 여러 번 뵈었다. 신구문화사에서 편집자로 잠깐 근무한 이력이 있지만 평생을 독서와 집필을 하며 살아온 분이시다. 네이버에 검색해 보니 이런 소개글이 나온다.

"그는 철저한 무소유의 자유인이었다. 대부호의 장남이었지만, 재산에 대한 모든 권리를 스스로 포기했으며, 혼인도 하지 않았을 뿐만 아니라, 그 어떤 직장에도 매인 적 없이 오직 독서와 집필, 그리고 그 나름의 서체로 붓글씨를 써서 개인전도 열고 교유하는 많은 예술 문화인들에게 자신의 글씨를 선물하기를 즐겼다. 그리고 1988년 9월 19일 회갑을 하루 앞두고 타계했다."

나도 글씨를 하나 받아 놓은 것이 있는데 어디 있는지 모르겠다.

나는 올해 우리 나이로 57세다. 환갑이 얼마 남지 않았다. 민병산 선생님이 창비에 드나드실 때 나는 그분을 늘 큰 어른으로 여겼다. 흰 고무신에 직접 재배하신 도라지를 한 자루 들고 나타나시던 전우익 선생님과 함께. 그분들의 삶이 부러웠다. 하지만 나는 그런 실력이 없다. 지금 내가 그때 그분들의 나이가 되었는데 요즘 사람들은 나를 어떻게 여길까? 한낱 장사꾼으로 여기지는 않을까?

신 선생님은 민병산 선생님보다 스무 해나 더 산 자신을 "위로도 하고 나무라기도" 하셨지만 그건 엄살일 뿐이다. 하지만 내 삶은 어떤가? 나는 요즘 '나는 이제 죽어도 자연사'라고 말하곤 한다. 젊어서부터 하도 술을 마신 나는, 내가 생각해도 엄청나게 살았다. 30대 중반에 사상의학을 하시는 분으로부터 "앞으로 3년을 더 술을 마시면 곧 내 앞에 나타나 살려 달라고 애걸할 것"이라는 경고의 말씀을 들었지만 나는 그 말씀도 무시하고 살았다. 2002년에 아내와 헤어지고 나서는 잔소리하는 사람이 없으니 병원에 가서 건강검진을 받은 적이 없다. 병이 들면 그게 내 운명이거니 하며 조용히 산에 들어갈 생각이었다.

새해가 되니 온통 건강 걱정이다. 한쪽 어금니가 아프니 은근 걱정도 된다. 그러나 나름 잘 살아왔다. 내가 잘한 것은 열심히 책을 읽은 것. 신경림 선생님처럼 글쓴이만 보고도 좋은 글을 골라낼 정도의 실력은 아직 갖추지 못했지만 대강 흉내 낼 수 있는 정도는 되었다.

두 딸마저 외국으로 떠나고 없으니 명절 뒤 남은 것은 냉장고 안 가득한 음식뿐이다. 어제 남은 나물과 전, 육류 등을 넣어 육개장처럼 끓였다. 명절 때마다 내가 어쩔 수 없이 즐기는 음식이다. 어머니는 따로 찌개나 국을 끓여 드리고 나 혼자 먹었다. 어머니가 아니면 나 혼자 극장에 가서 영화라도 볼까 싶었지만 그럴 수도 없다. 어머니는 신경림 시인보다 한 살 위니 이제 신 선생님의 마음을 조금은 알 것 같다.

올해 나는 새로운 일을 시작하려 한다. 지금 이대로 가면 아이들의 미래나 대한민국의 미래가 없다. 그러니 출판, 나아가 문화 전반의 미래도 없다. 그래서 어려서부터 책을 읽으며 스스로의 미래를 열어 가는 학교를 만들어 보고 싶은 것이다. 사는 동안 "조금은 더 할 수 있"는 일이 있을 것이라 여기기 때문이다. 나는 아직 철이 들지 않은 젊은 놈인가, 아니면 '늙은' 놈인가? 『사진관집 이층』을 읽으며 내내 그 생각을 했다. 그러나 뭐 어떠랴! 이 시집에 실려 있는 「당당히 빈손을」을 읽으니 힘이 난다. 지금 이대로 열심히 일하다가 당당하게 빈손으로 저세상에 갈 자신은 있으니까.

버렸던 것을 되찾는 기쁨을 나는 안다/ 이십년 전 삼십년 전에 걷던 길을/ 걷고 또 걷는 것도 그래서이리/ 고목나무와 바위틈에 내가 버렸던 것 숨어 있으면/ 반갑다 주워서 차곡차곡 몸에 지니고// 하지만 나는 저세상 가서 그분 앞에 서면/ 당당히 빈손을 내보일 테야/ 돌아오는 길에 그것들을 다시 차창 밖으로 던져버렸으니까/ 찾았던 것들을 다시 버리는 기쁨은 더욱 크니까.
— 「당당하게 빈손으로」

『어머니의 뒷모습』

| 2014. 02. 09 |

한 페이스북 친구가 "갑자기 또 엄마가 그리워서 울음보가 터졌다. 도대체 엄마에 대한 이 그리움의 느낌은 당해 보기 전에는 절대 가늠해볼 수 없다는 게 가장 큰 문제이다. 살아 보면서 경험했던 숱한 그리움과는 달라도 너무 다르다. 시간이 깊을수록 그 깊이가 깊어진다는 것도 치명적이다"라고 쓴 것을 읽고서는 아버지를 떠올렸다.

살아만 계신다면 같이 살면서 가끔은 함께 술잔이라도 기울이며 정을 나누었으면 얼마나 좋을까? 나는 서울로 올라와서 살기 바쁘다고 자주 찾아가 뵙지도 못했다. 그러다 갑작스럽게 돌아가시는 바람에 평생 회한만 남았다. 그래도 어머니라도 계시니 부모와의 정이 무엇인지 알게 된다. 나이 오십이 넘어서야 인간이 되어 간다고나 할까?

김부조 시인의 『어머니의 뒷모습』(박물관)에 등장하는 늙은 어머니는 고향 집을 정리하고 아들과 살림을 합쳤다. 시인은 "삼십 년 만에/ 나는 그리움을,/ 어머니는 외로움을 지웠다"면서 이제

"그립던 어머니의 잔소리와/ 때 늦은 나의/ 응석이 시작될 것"인데 이런 삶이 앞으로 삼십 년 지속됐으면 좋겠다는 뜻을 「상경」이라는 시에 풀어놓고 있다.

어머니가 상경하신 날, "묵은 타향살이"의 "굳은살"이 박인 시인과 맞닥뜨린 것은 어머니의 틀니였다. "틀니는 낡음이 아닌/ 늙음의 증표일 뿐이라는,// 그날 밤,/ 여독(旅毒)을 풀어내는/ 어머니의 머리맡에서/ 분신처럼 함께 잠들어 있던/ 낯선 틀니"에 지천명의 시인은 넋을 잃고 말았다.

지천명의 나이에 어머니와 살림을 합친 것은 나도 마찬가지다. 하지만 내 어머니는 틀니를 버틸 잇몸이 없어 음식을 씹지 못하신다. 그래서 늘 국물이 있어야 한다. 과일도 갈아 드려야 한다. 내가 치통을 앓아 보니 그 심정을 조금은 알 것만 같지만 그래도 속속들이 그 심정을 알기나 할까?

오늘도 어머니는 묵묵히 나를 챙겨 주시고 있다. 술에 취해 들어와서 컴퓨터 앞에 잠들어 있는 아들의 모습에 안쓰러워하시다가 조용히 컴퓨터 모니터의 푸른 버튼을 누르실 것이다. 그러고는 밤새 지팡이를 짚고 몇 번이나 거실로 나오실 것이다. 내가 방에 들어가 잠이 들면 이불을 덮어 주시고 창문을 닫아 주실 것이다. 그리고 낮에는 하루 종일 아들의 귀가를 기다리실 것이다.

드라마와 책

| 2014. 02. 16 |

어제 아침에 출근하면서 어머니를 위해 소꼬리 곰탕과 된장찌개를 준비해 놓았다. 꼬리곰탕은 그제 저녁에 들어와 물에 담가서 피를 빼고, 초벌로 끓인 물은 버리고 밤새 고았다. 아침에 어머니와 함께 먹긴 했지만 어머니가 기름기가 있는 음식을 드시면 설사를 하는 경우가 있어 된장찌개도 함께 준비한 것이다.

새벽에 어머니 침대에 파고들어 어제 함께 보지 못한 드라마 '왕가네 사람들'에 대해서 물었다. 첫째딸은? 둘째딸은? 셋째딸은? 하는 식으로 차차 물으니 이야기를 줄줄 늘어놓으신다. 인터넷에 요약해 올라온 내용과 똑같다. 오히려 어머니가 붙이시는 설명이 더 재미있다. 드라마의 내용처럼 집구석이 돌아간다면 모두가 나가떨어질 것이다. 개연성이라고는 쥐뿔도 없는 드라마지만 어머니와의 대화를 위해 보는 것인데 다행히 어머니는 치매와는 거리가 멀 것 같다. 이 드라마도 오늘이면 끝난다.

어머니는 하루종일 드라마만 보신다. 꾸준히 보시니 어떤 흐름을 꿰고 계신 것 같다. 그래서 책을 읽지 않아도 세상을 어느 정도 아실 수 있을 것이다. 나는 주로 책만 본다. 가끔 영화도 보고 스포츠 중계도 보지만 책으로 사유한다. 요즘 젊은이들은 신문이나 방송을 보지 않고 주로 소셜미디어에서만 논다. 팟캐스트를 듣고 트위터나 페이스북에서 남들이 올려놓은 정보를 주로 읽는다. 앞으로 그런 사람들이 더욱 늘어날 것이다. 그렇지만 소셜미디어에는 '날 깃'의 것만 존재하지 않는다. 나오키상 수상작인 『누구』(은행나무)에서처럼 익명의 계정으로 인간의 사악함을 드러내기도 한다. 페이스북에서 오로지 자기 이미지만 관리하려는 사람들도 있다. 새로운 흐름을 요약해 올린 것들도 자신의 관점으로 정리된 글이 대부분이다. 그런 글만 읽는 사람들이 자유로운 상상력이 가능할까? 모이면 들끓겠지만 그것은 누군가의 의도로 이미 정리된 것일 확률이 높다. 지혜로운 자는 그런 가운데서도 잘 정제된 정보만 취하겠지만 그것만으로는 세상을 이겨 낼 수가 없다.

세상을 헤쳐 나가는 힘은 원초적인 체험에서 나온다. 실제로 많은 이를 만나고 이야기를 나누는 가운데 저절로 형성된다. 그것이 이뤄지지 않으니 우리는 책을 본다. 인류가 유구한 세월 동안 축적한 지식이 모두 책에 담겨 있다. 책을 읽지 않은 사람들이 앞으로 과연 살아남을 수 있을까? 내가 잘하는 일이 책 읽는 것밖에 없으니 이런 소리를 하는 것인지도 모르겠다.

요즘 세상은 경천동지할 일이 날마다 벌어진다. 그러나 그런 모든 것에는 어떤 법칙이 존재한다. 기술이 아무리 발달해도 기술이 인간을 뛰어넘지 못했다. 인간은 새로운 기술이 등장하면 놀라워하지만 곧 그것을 자기화해 한 걸음씩 전진해 왔다. 새로운 기술이 아무리 놀라워도 그것을 잘 수용하는 사람들은 인간세계에서 벌어지는 법칙을 잘 이해하는 사람들이다. 그 법칙이 달리 말하면 인문학이다. 철학, 논리학, 역사학은 인류 역사상 가장 오래된 학문이지만 세상이 흔들릴 때마다 인간은 새로운 지혜를 얻기 위해 이러한 지식을 찾곤 했다. 물론 기술의 발달 속도가 워낙 빨라 요즘은 자연과학적 지식과 결합할 줄 알아야 하지만 말이다.

아침은 꼬리곰탕을 데워 먹었다. 점심상에 올릴 찌개는 다른 것으로 할 생각이다. 세 끼니 밥상 차리는 것은 늘 쉽지 않다. 나 혼자라면 아무것이나 먹어도 괜찮겠지만 어머니를 모시고 살면 그러기 어렵다. 꼬리곰탕 하나 끓이는데도 많은 정성이 필요하다.

품위 있게 세상과 이별하는 방법

| 2014. 03. 06 |

『품위있게 평화롭게, 세상과 이별하는 방법』(모리츠 준코, 창해)은 한때 자살을 꿈꾸었던 소녀가 호스피스 의사가 되어 5천여 명의 죽음을 겪으면서 깨달은 행복한 인생 마무리법을 담았다. 죽기 직전까지 경험하게 될 고통에 대한 두려움을 줄이고 행복하게 투병하는 요령, 홀로 죽어가는 것에 대한 두려움에 맞서는 법, 평온하게 죽음을 맞이하는 생활 태도, '차라리 죽여 달라'고 호소하는 환자에 대한 대처법, 사후 세계에 대한 두려움에 맞서는 방법 등을 담고 있다.

"인간의 몸은 자연을 거스르지 않으면 고통 없이 죽을 수 있도록 만들어졌습니다. 자연의 섭리를 받아들이되, 그것으로는 다소 부족한 부분만 약물 등으로 치료하면 충분히 고통을 제거할 수 있습니다."

"병세가 호전되면 잠을 거부하는 환자가 있습니다. '잠들면 끝장이다. 두 번 다시 못 깨어날 수 있다'는 불안감 때문입니다. 죽음을 매우 두려워하기 때문에 그런 행동을 하는 것이지만, 잠은 인간의 심신을 쉬게 하는 최고의 약입니다. 따라서 수면 거부는 몸과 마음을 고통에 빠트리는 직격탄이 됩니다."

"행복에 대한 생각은 사람마다 다릅니다. 자신의 척도로 잰 행복을 상대방에게 강요하는 것은, 애써 좋은 일을 하더라도 정작 상대는 원치 않는 '일방적 친절'이 될 수 있습니다. 죽음이 우리에게 가르쳐줍니다. '진정한 사랑'은 비록 고통스럽더라도 상대방이 행복해질 수 있는 길을 참을성 있게 지켜봐주는 것이라고 말입니다."

"행복하게 죽는 일이 결국 현재를 행복하게 사는 것과 같은 의미"라는 것이 저자의 메시지다. 어떤 행복론보다 가치 있는 행복론을 담았다는 느낌이 든다.

아직 죽음을 생각할 나이는 아니지만 그렇다고 마냥 지낼 수는 없다. 며칠 전에 읽은 폴 오스터의 『겨울 일기』(열린책들)에서는 온갖 고난을 이겨 내며 죽음을 피해 온 이가 집에서 미끄러져 머리를 다쳐 쉽게 죽는 이야기가 나왔다. 죽음은 정말 순식간에 다가올 수도 있는 법이 아니겠나!

나이가 들면 죽음이 두려워 잠을 잘 자지 못한다. 아니, 낮이나 밤이나 수없이 졸면서도 왜 이렇게 잠이 오지 않지 하고 말하는 것이 아닌가, 하는 생각이 든다. 어머니가 그렇다. 어머니는 내게 "니는 누우면 바로 잠을 자니 얼마나 좋노!" 하고 말씀하신다. 나는 처음에 어머니가 못 주무시는 걸 무척 걱정했다. 그러나 이제는 걱정하지 않는다. 그게 단지 죽음에 대한 공포 때문이라는 것을 알았기 때문이다. 이 책을 통해 '잠들면 다시는 못 깨어날 수 있다는 불안감' 때문이라는 것을 다시 확인할 수 있었다.

『두려움에게 인사하는 법』(김이윤, 창비)은 여고생 여여가 말기 암에 걸려 죽어가는 어머니와 행복하게 이별하는 이야기이다. 여여처럼 나도 언젠가는 어머니와 이별해야 한다. 하지만 어머니가 불쌍하다는 생각은 들지 않는다. 낮에 혼자 계시는 것이 안타깝지만 여섯 자식이 건재해 용돈이라도 드리니 행복해 보이신다. 젊어서 고생하신 것이 너무 가슴 아파 잘 해 드리려 하지만 밥하는 것과 설거지는 웬만하면 하시게 한다. 하긴 요즘 다리가 아프다고 하시지만 정신만큼은 점점 건강해지시는 것 같아 다행이다.

삶이라는 것도 마지막까지 내가 틀어쥐고 갈 것은 없다. 권력이나 돈도 없는 마당이니 말이다. 일에 대한 노하우는 웬만하면 후배들에게 넘기려 한다. 엄기호의 『단속사회』(창비)를 읽는데 일본 신도의 성지인 이세신궁(伊勢神宮)은 20년에 한 번씩 완전히 새로 짓는다는 이야기가 나왔다. 그 이유가 일본인들이 전승해야 하는 것이 건물 그 자체가 아니라 건물을 짓는 기술이기에 그리 한다는 설명이었다. 나는 무릎을 쳤다. 웬만하면 죽기 전에 후배들에게 모든 것을 넘겨주는 것이 좋으리라.

인생의 마무리는 정말 중요하다. 앞으로 내가 일을 열심히 하는 것은 무엇인가를 열심히 이뤄 내기 위해서라기보다는 세상과

나는 어머니와 산다
176

잘 이별하기 위한 준비일지도 모르겠다. 나는 정말 그렇게 살고 싶다. 어느 순간 내가 사라지면 세상 사람 모두가 행복해지도록 만들어 놓고 조용히 죽고 싶다.

블로그 휴가를 끝내며

| 2014. 05. 03 |

동생이 일주일 만에 돌아왔다. 일주일 전에는 그저 죽고 싶었다. 여러 악재가 겹쳤다. 세월호 참사라는 사회적 분위기까지 겹치니 머리가 돌 것 같았다. 이럴 때 잘난 것 없는 내가 내 이야기를 쓰다 보면 더욱 우울해지고, 결국 무슨 일이라도 저지를 것만 같았다. 블로그에 글을 쓰는 것 자체가 스트레스나 마찬가지이다. 그래서 가급적 생각을 하지 않으려고 블로그에 내 이야기를 하는 것을 잠시 중단했었다.

어제 동생은 얼굴이 무척 밝았다. 여동생이 내 생각을 알고 동생을 퇴원시킨 것이다. 전에는 병원에서 나오자마자 잠시 쉬겠다며 시골에 가곤 했는데 대뜸 집으로 왔다.

"형, 고마워!"

"왜?"

"병원에서 전화를 걸었을 때 아픈 데 없냐고 물어 주고 곧 데리러 가겠다고 해 줬잖아! 세상에 그런 가족은 없어! 조카들이 돌아와도 나를 내쫓지만 말아 줘!"

어제 내가 귀가하자마자 동생이 통닭을 사 와서 어머니와 셋이서 웃으며 먹었다. 나는 어머니가 통닭을 그렇게 맛있게 드시는 모습을 처음 봤다. 아, 앞으로 닭다리만 자주 사 드려야지!

신경 쓰이던 회사 문제는 일단 안정이 됐다. 원인도 알고 있어 큰 틀에서 조정을 했다. 어제 점심과 저녁을 두 회사의 책임자와 함께 하면서 서서히 야근을 하지 않아도 되는 구조를 만들자고 했다. 일할 만한 분위기를 확실하게 만들고 싶다. 전에는 내가 간섭하지 않는 게 최선이라고 생각했건만 이번만큼은 내가 개입해야 할 것 같았다. 지금이야 알아서 잘들 일해 주고 있지만 지치면 버틸 수 있는 사람은 아무도 없다. 당장은 어렵겠지만 모두가 웃으며 일하는 분위기를 확실하게 만들고 싶다.

어제 한 직원이 "도서정가제 법안이 통과되고서 소장님 얼굴이 밝아졌어요!"라고 말했다. 나는 "그래?"라고 말하며 빙긋이 웃었다. 그것도 작용했다. 이제 세월호 참사 같은 비극이 없어져야한다. 그래서 우리 사회의 어젠다를 제시하는 특집을 긴급하게 기획했다. 이 특집은 곧 확대해 단행본으로도 펴낼 생각이다. 우리 사회를 30여 개의 프리즘으로 분석하는 책이자 특집이다.

'고독력'과 인생의 질

| 2014. 05. 06 |

어제 하루 종일 책을 읽었다. 오늘 글을 쓰기 위해서이다. 정이현의 『말하자면 좋은 사람』(마음산책)은 소설의 형식 때문에 읽었다. 작가는 "이야기이기도 하고 짧은 소설이기도 하고 콩트이기도 하고 쇼트 스토리이기도 하며, 그 모두가 아닐지도" 모른다고 했다. 스마트 기기로 글을 읽고 쓰는 호모스마트쿠스가 늘어난 이후 '짧은 소설'이 갈수록 주목받는 것이 사실이다. 나는 박완서의 『노란집』(열림원)에 나오는 '짤막한 소설'과 신경숙의 『달에게 들려주고 싶은 이야기』(문학동네) 등을 눈여겨보았다. 정이현 작가의 소설들은 200자 원고지로 20~30매의 소설들이다.

이런 형식에 담아낼 수 있는 이야기는 뭘까? 작가는 이렇게 말한다. "내가 사는 도시는 수십만 개의, 좁고 더 좁고 더더 좁은 골목들로 이루어진 곳이다. 그 골목을 혼자 걷고 있는 사람에 대하여, 살짝 웅크린 어깨와 보풀이 일어난 카디건과 주머니 속에 정물처럼 가만히 들어 있는 한쪽 손에 대하여" 쓰고 싶었다고 한다. 거대한 서사가 아닌 '좁은 골목'을 '혼자' 거니는 평범한 사람

나는 어머니와 산다
180

의 사소한 일상을 그렸다고 보면 된다.

이제 누구나 글을 쓰고 누구나 읽는 세상이다. 읽기와 쓰기의 연동이 부활되었으며, 이것은 출판과도 연결되었다. 종이책이 아닐지라도 블로그나 페이스북에 글을 쓰는 행위는 이미 출판된 것이나 마찬가지다. 그러니 다양한 형식 파괴가 이뤄질 것은 분명하다. 200자 원고지로 20~30매를 말로 한다면 15분 정도 걸린다. 그 정도 그릇에 담아낼 수 있는 이야기, 그래서 스마트 기기로 부담 없이 읽을 수 있는 이야기가 앞으로 늘어날 것으로 보인다.

그런데 이 소설을 읽으며 나는 내내 동생 생각을 했다. 함께 살았으면서도 나는 왜 동생의 일을 전혀 기억하지 못했을까? 1980년 5월부터는 집에 들어가지 못하고 학교에서 살아야만 했다. 14일과 15일에는 시가행진이 있었고 16일 밤에는 경찰의 연락을 받고 군인들이 학내에 진입하는 것을 피해 도피했다. 그리고 여러 곳을 전전하다가 입장이 곤란해진 후배를 배려해 6월 10일쯤 공주경찰서에 자진 출두했다. 경찰은 집에 잠시 들르는 것도 허용하지 않았다. 그리고 대전으로 압송돼 보안사 지하실에서 매를 맞으며 조사를 받았다. 정식 구속일자는 6월 17일. 집행유예 선고를 받고 대전교도서 문을 나선 것은 9월 5일.

어제 동생에게 물었더니 내가 공주경찰서에 자진 출두한 뒤 보름쯤 지나 아버지와 내 짐을 싸서 내려갔다고 했다. 그러니 40여 일 동안 동생은 형만 기다리며 쫄쫄 굶고 있었을 것이다. 그런 동생을 자취하던 집의 어른들과 친구들, 선후배들이 챙겨 준 것이다. 그들은 내가 이제 학교로 돌아올 수 없다고 말하는 것도 조심스러웠을 것이다. 그런데 마을의 이장은 텔레비전에서 떠드는 것만 믿고 나를 빨갱이로 여겼을 것이고, 빨갱이의 동생은 남의 밭에 있는 고구마를 마음껏 훔쳐 먹는 자로 여겼을 것이다. 마음이 아팠다. 그즈음 함께 감옥살이를 했던 한 친구의 큰형은 동생이 빨갱이로 몰리자 이제 모두 끝났다고 생각해 목을 맸다. 당시는 내가 사람을 죽였을지언정 빨갱이는 아니라고 우겨야 했던 시절이다. 살인자는 혼자 죽지만 빨갱이는 가족의 운명이 바뀌던 세상이었으니까.

동생이 밥을 굶고 있던 그때 나는 충남기업사라는 간판이 붙어 있는 보안사 지하실에서 "김일성 언제 만났어?", "김대중에게 얼마 받았어?" 등의 말도 안 되는 질문을 받으며 몰매를 맞고 있었다. 내가 그 기억으로부터 탈출하지 못해 평생을 이렇게 살고 있는데 동생도 그 기억에서 헤어나지 못하고 있었다니. 동생은 많이 좋아졌다. 어제 우리는 술을 마시지 않았다. 함께 저녁 먹는 것만으로도 행복했다. 하지만 오늘은 어쩌면 밤을 새워야 할지도 모른다고 예고를 해 두었다.

누구나 '혼자'였던 순간이 있을 것이다. 대체로 혼자 있으면 불안해진다. 정이현 작가는 "식당에서 혼자 밥을 먹다가, 그러니까 숟가락으로 떡만둣국 속의 김치만두를 반으로 자르거나 토마토가 빠져나오지 않도록 모차렐라 치즈 샌드위치를 조심스레 한입 베어 물다가 고개를 들 때가 있다. 사람들이 보인다"고 적었다.

혼자 밥을 먹을 때는 남을 의식하게 되어 있다. "'혼자 밥을 먹고 있으면, 외로운 사람이라고 치부되는 건 아닐까'라는 불안을 느껴 다른 사람들의 시선을 신경 쓰거나, 친구나 애인과 즐겁게 식사하고 있는 사람들을 보면 '나는 왜 고독할까'라며 풀이 죽는 경우가 있다고 말하는 사람도 적지 않을 것"이다. "실제로 이런 기분 때문에 식사를 해야 할 때조차, 혼자 먹어야 한다면 끼니를 거르고 마는 사람도 있고, 먹지 않으면 안 될 상황에는 책을 읽거나 음악을 듣는 등의 '‒을 하면서 먹는다'는 행위를 통해서 '밥을 먹고 있다'라는 요소를 되도록 작은 일로 치부하려고 노력하는 사람도 있"다. "그렇게 하면, 중심은 '독서'나 '음악'이 되어, 식사는 '겸해서 하고 있는 것'이 되기 때문"이다.

나는 늘 혼자였다. 혼자서 밥을 많이 먹었다. 하지만 "직장에서 혼자 먹는 것이 남의 눈에 띄는 것이 아무래도 견딜 수 없을 때는 혼자 있을 장소, 예를 들어 화장실의 개인칸에 들어가 식사를 해치운" 적은 없다. 혼자 출장 다니며 당당하게 밥을 먹었다. "눈에 보이는 '연결'(함께 행동하는 상대가 있고, 연결되어 있는 사람 수가 많다)에 얽매이는 것은 인생을 풍요롭게 해주기는커녕, 공허하고 불안정하게 만들어 버린다. 또 눈에 보이는 '연결'을 필요로 하지 않고 살아가는 힘"에 대해서 깊게 생각하는 중이다.

한마디로 '고독력' 말이다. 글을 쓰는 것도, 책을 읽는 것도 혼자서 하는 일이다. 그러니 혼자 있으면 편안하다. 오피스텔을 얻어 혼자 있는 시간이 많으니 인생의 질이 높아진다는 느낌이다. 물론 지난 토요일 산에 가서 여러 사람을 만나니 좋은 일이 굉장히 많았다. 자연스럽게 이야기를 하다가 연재 필자를 찾았고, 글의 필자를 찾았으며, 여러 가능성을 얻었다. 건강 강사의 강의를 들으며 체조를 해서 몸 상태도 좋아졌다.

어릴 때 나는 불 꺼진 방에 혼자 들어가는 것이 너무 싫었다. 그러나 이제는 혼자 있는 것을 즐길 생각이다. '고독력'을 키울 것이다. 그러나 어머니는 다르다. 하루 종일 혼자서 밥을 드시는 것을 매우 힘들어 하신다. 그래서 동생 없이는 살기 어렵다고 말씀하신다. 이번에 동생이 병원에서 나온 뒤 문제의 원인을 정확하게 알았다. 내가 고독력을 맘껏 키우기 어려워졌지만 그래도 괜찮다. 때로는 혼자인 것을 즐기고, 때로는 가족과 함께 즐기는 법을 배우면 될 일이다.

글 쓰는 기계

| 2014. 05. 07 |

4일간의 황금연휴는 일로 매듭지어졌다. 토요일에는 청계산에 올랐으나 일요일부터 화요일까지는 책을 읽고 글을 썼다. 어제 저녁 무렵부터 쓰기 시작한 글은 오늘까지 약속한 다섯 개를 모두 끝냈다. 내가 글 쓰는 기계인 것은 맞는 것 같다. 영양가는 장담하지 못하지만 책만 읽어 두면 무조건 글이 되긴 한다. 오늘 저녁에는 인천 주안의 상가에 다녀왔다. 솔직히 술을 마시고 뻗어 버리고 싶었지만 대작해 줄 사람이 없어 10시쯤 귀가했다.

　산다는 것이 허무하다. 오늘도 좋지 않은 소식을 몇 건이나 들었다. 아프고 병들고 세상을 뜨는 등 힘겨운 소식뿐이다. 상가에서는 그리운 사람들을 많이 만났다. 그런데도 더 있다 올 수 없었다. 오늘도 여러 청탁과 약속을 하나도 거절하지 못했기 때문이다. 당장 내일 아침부터 한 건씩 해결해야 한다. 이렇게 살다가 어느 날 조용히 사라질 수나 있을는지.

고독의 힘

| 2014. 05. 11 |

어제는 오후에 잠시 외출한 것을 제외하고는 어머니와 지냈다. 동생도 시골에 내려가 버렸고 어머니는 머리가 어질어질 하시다니 어쩔 수 없었다. 그냥 누워만 계시려고 하니 내가 옆에서 말이라도 붙여야 힘을 내신다. 삶이란 이런 것인가? 나도 그럴까? 내가 나중에 완전 혼자가 되었을 때 나는 외롭지 않게 잘 지낼까?

'고독력'을 다룬 한 책에서 "고독이라는 느낌은, 물리적인 '고독'을 동반하는 것이 아닌, 있는 그대로의 자신이 '이어져 있다'라는 감각을 갖지 않는다는 것을 보여 주는 것"이라고 말한다. 어떤 공간에 혼자 있더라도 실제로는 내가 어디로 연결되어 있다는 감각을 보여 주어야 한다는 이야기이다. 그게 무엇이 좋을까? '고독력'이 높으면 자유가 넓어지고, 대인관계가 풍부해진단다.

"'고독력'이 높은 사람은 다른 사람에게 매달리고 타산적으로 이용하는 것이 아니기 때문에 정말로 서로를 위해서 좋은 관계를 만들 수 있습니다. 그런 관계성이라면, 누군가에게 다가갔다 거절당하더라도 거북함이 남지 않고 끝난다고 신뢰할 수 있습니다.

한편 '고독력'이 낮은 사람들의 집단은 그 중심적인 테마가 '혼자가 되는 것이 불안'한 것이므로 누군가 독자적으로 행동한다면 민감하게 반응하게 되어 버립니다. 누군가 그 그룹으로부터 자립하려고 하면 남겨진 불안에 몰려 방해하는 등의 현상을 일으킵니다. 그렇기 때문에 초대를 거절하는 것은 굉장히 어려워지게 됩니다."

역시나 혼자 있는 것을 즐길 줄 알아야 하는 모양이다. 나도 요즘 오피스텔에 혼자서 일하다 보니 스스로 일을 하게 된다. 그러니 능률이 오른다. 혼자 있는 것도 견딜 만하다. 5월 초에는 일이 한꺼번에 몰려 힘들었지만 이제 거의 정리되었고, 14일 마감, 17일 마감의 원고, 칼럼, 연재 원고를 하나 써야 한다. 〈기획회의〉 원고도 하나 있다. 나는 고독할 시간도 주어지지 않을 만큼 정신 없이 살아야만 하는가?

기분 좋은 날

| 2014. 05. 14 |

오전에 연재 칼럼을 하나 써서 송고하고 저녁에는 대한민국역사박물관에서 강연을 했다. 베스트셀러가 주제였지만 책과 삶에 대해 이야기를 했다. 수강생들은 나이 드신 분들이었는데 블로그에 고맙다는 인사를 남기신 분도 있어 기분이 좋았다. 강의가 끝난 후 근처에서 기다리고 있는 제자에게 갔더니 내일이 스승의 날이라고 케이크에 촛불을 붙여 끄게 하고 선물도 줬다. 기분이 무척 좋았다.

집에 들어오니 동생이 지갑을 주워 주인을 찾아 주었더니 과자를 사다 주더라며 자랑을 했다. 지갑에 돈이 20만 원 정도 들어 있었지만 카드가 여러 장 있었다니 주인에게는 얼마나 귀찮은 일인가. 과자를 돌려주려고 했더니 극구 받으라고 했단다. 어머니를 모시고 있다는 것을 알았는지 어머니 드리라고 간청하더란다.

오늘 원고 청탁을 하나 받았다. 청탁을 하러 온 편집자들이 내게 덕담을 많이 해 주어 하루 종일 기분이 좋았다.

제발 나를 말려 줬으면

그제는 장 주간과 단행본 책임자와 함께 〈기획회의〉 367호에 「고
통의 터널 지나게 한 책노래」를 발표한 제갈인철 씨를 평창동의
한 식당에서 만났다. 나는 그의 글만 읽고 연재를 제안한 참이었
다. 그 자리는 '책이 바꾼 삶, 숭례문학당 이야기'의 연재를 주도
하고 있는 숭례문학당의 신기수 당주와 김민영 이사가 주선하고
동석했다. 제갈인철 씨는 처음 만났지만 10년 이상을 마이너스
인생으로 살아오면서 책을, 그중에서도 문학을 동아줄로 여기고
살아온 사람답게 문학을 바라보는 진지함과 식견이 있었다.

　우리는 밥을 먹고 찻집으로 옮겨 더 이야기를 나누었다. 집
안에 일만 없었으면 밤을 새워 이야기하고 싶었다. 그렇다고 그
런 속내를 비칠 수는 없는 일. 같이 간 두 사람은 대만족이었다.
나는 학위나 권위가 아니라 글로만 필자의 가능성을 찾아왔다.
최근에 연재를 하고 책을 내준 사람들은 글을 발표한 적이 없는
'신인'이었다. 그러나 그들은 한껏 가능성을 보여 줬다. 글에는
사람의 품성이 그대로 드러난다. 아마도 제갈인철 씨는 문학 작

품을 읽으며 수없이 통곡했을 것이다. 그런 이가 문학 작품의 주제를 노래로 만들어 청중과 호흡해 왔다. 그러므로 그가 쓴 글은 엄청난 충격을 안겨 주리라 자부한다. 이렇게 말하면 그에게 다소 부담을 줄 것이지만 10년의 고통을 이겨 냈듯이 이번에도 잘 해 내리라 믿는다. 집으로 돌아오면서 모든 것을 버리고 책만 기획하고 싶었다. 독서운동이란 뭔가? 세상을 바꾸겠다고? 과욕이지 않을까.

동생은 또 '고투'하고 있었다. 이번에는 너무 빨리 왔다. 고민하다 새벽 2시에 집을 나왔다. 오피스텔에서 잠을 이루지 못하고 글을 읽었다. 추천사를 써 주기 위해 읽는 책이지만 소설처럼 잘 읽혔다. 내가 저자의 주장에 전적으로 동조하는 것은 아니지만 엔지니어가 이렇게 글을 잘 써도 되나 싶었다. 번역도 매끄러웠다. 이런 책을 읽는 것이 그나마 위안이었다.

죄송하게도 어머니의 아침은 배달 죽으로 대신했다. 자주 있는 일이라 죽집의 시장이나 직원들은 아마도 나를 비난할지 모르겠다. 아침은 해결했지만 점심은 먹지 못하고 반포도서관으로 달려갔다. 2시부터 강연인데 도착하니 1시 30분쯤 됐다. 도서관 앞 마트 지하에 떡집이 있길래 떡을 하나 사서 거리에 서서 먹었다. 그리고 두 시간 동안 서서 강연을 했다. 처음에 도착해서는 망했다 싶었다. 아파트가 10억 원에서 20억 원 하는 동네에 사는 이들에게 "'고용 없는' 시대에 살아남는 공부법"이란 주제가 합당한 이야기인가.

그러나 많은 분이 오셨다. 자리가 꽉 찬 것은 아니지만 실망할 정도는 아니라고 도서관 담당자가 나중에 이야기해 주어 다행이다 싶었다. 그 담당자는 신청자 중에 나를 아시는 분들이 꽤 많은 것 같다고 했다. 블로그 덕분일 것이다. 강연하는 일은 즐거웠다. 처음 만난 이들의 표정이 점차 밝아지고, 고개를 끄덕거리고, 자주 웃는 모습을 보는 것은 강연하는 이의 즐거움이다. 강의를 끝내니 질문이 쏟아졌다. 보통은 질문하라고 해도 잘 안 한다. 그러나 끊을 수 없을 정도로 질문이 쏟아지니 그런대로 성공이다 싶었다. 곧 나올 내 책이 어느 정도 팔릴 것이라는 예감이 들었다. 명함을 주며 부탁드릴 일이 있을 것이라는 사람이 여럿인 걸 보면 내가 방향은 잘 잡은 것이라는 생각이 들었다.

강연이 끝나고 합정동으로 오는 이가 있어 그의 차를 타고 서교동의 사무실 근처에서 내렸다. 사무실에서 형제들에게 전화를 하고 카톡 문자를 보냈다. 집으로 전화를 했더니 어머니는 '고투하던' 동생이 평택에 간다고 나갔다고 했다. 나는 설렁탕을 2인분 사서 바로 귀가했다. 어머니와 함께 밥을 먹고 잠시 안방에서 텔레비전을 보고 있는데 동생이 들어왔다. 얼굴이 말이 아니었다. 결단을 내려야 했다. 나는 일이 바쁘다는 핑계를 대고 밖으로 나와 전화를 했다. 1시간쯤 후에 구급차가 도착했다. 다시 동생을 병원으로 보냈다. 내 노력이 모두 무산된 것은 별 것 아니지만 동생이 다시 겪을 고통이 걱정이었다. 어머니는 담담한 표정이셨다. 그 정신에도 내가 가져다 준 책을 좋아라 하며 보았다니 내 속이 타들어 갔다.

나는 '독서모델학교'의 비전을 5년 전에 세웠다. 그리고 5년을 준비했다. 5년 동안 100여 명에 이르는 〈학교도서관저널〉의 기획위원, 추천위원, 서평위원 들은 열심히 신간을 읽고, 추천도서를 고르고, 서평을 썼다. 그런 분들이 계시기에 이제 용기를 내 움직이려 하고 있다. 이 계획에 대해 자세히 들은 출판인들은 이 계획이 반드시 성공하기를 바란다며 어떻게든 돕겠다고 말한다. 하지만 여러 가지 일로 발목을 잡혀 있다. 내가 이 일을 하려고 사람부터 덜컥 늘렸다. 벌써 인건비 부담이 엄청난 압박이다. 그러니 내가 강의안을 준비하고, 원고를 쓰고, 책을 읽어 한 푼이라도 더 벌어야 한다.

나는 단기적 실적만을 추구하는 정부에 기대서는 아무 일도 할 수 없다는 신념으로 살아왔다. 내가 추구했던 일은 이제 막바지 고비만 넘기면 된다. 그러나 나는 자주 지친다. 이렇게 살다가 목숨이라도 부지할 수 있을지 모르겠다. 만나는 사람마다 건강을 조심하라고 충고하지만 그럴 여유가 내겐 없다. 다음 주도 월요일 오전에는 인천의 한 도서관에 가서 사서들에게 강연을 해야 하고, 저녁에는 두 차례의 만남을 가져야 하고, 화요일에도 약속이 있고, 수요일에는 문화정책관광연구원 심포지엄에서 발표를 해야 한다. 월요일과 화요일에는 회의가 있다. 이렇게 날마다 일정이 이어진다. 그 와중에도 날마다 하루 한 편 꼴로 글을 써야 한다. 인풋이 있어야 아웃풋이 있는 법이다. 새로운 이야기를 하려면 책도 꾸준히 읽어야 한다. 이런 악순환이 언제 끝날지 모르겠다. 아, 불쌍한 나의 인생이여! 이제 누가 제발 나를 말려 줬으면 좋겠다. 이러다 내가 정신 병원에 가게 될지도 모르겠다.

미리미리 준비하기

어제는 밤새워 책을 읽고 새벽에 찌개를 끓이고 5시 무렵 잠시 선잠을 잤다. 그러나 6시에 일어나 어머니와 이른 아침을 먹고 인천의 수봉도서관으로 출발했다. 지하철로 한 시간이 걸리니 9시 강연을 맞추려면 이른 시간도 아니었다. 그리고 사전 분위기 파악이 필요했다. 미리 현장 분위기를 파악하고 꼭 필요한 말을 하려면 그리 해야 했다. 또 뒤에 강연을 하는 사람이 무엇을 말할지 미리 파악해 두어야 한다.

오후에 낮잠이라도 자 두려 했는데 〈기획회의〉 제작 사고가 났다는 전화가 왔다. 순간 잠이 확 달아났다.

세상을 뜬 친구들

"생사의 차이가 이리도 간결한 것을 무던히 애를 쓰며 살아왔습니다. 하늘이 지워 주신 짐의 무게와 고뇌의 깊이를 용케도 감내하더니 자그마한 행복의 기억들과 함께 이제는 모든 짐을 벗겨 주십니다. 험한 삶을 위로하던 처자는 모질게 살다가 희망의 입구에서 스러지고 차마 간직할 수 없는 가엾이 고운 추억들만 남겨 주었습니다.

세상을 붙잡으려다 처자를 버리고 이제는 처자를 부여안기 위하여 세상을 버리려 합니다. 불행한 사람의 삶에 뛰어들어 고생만 하던 고마운 아내, 아들의 뒤를 따라 다시 강으로 뛰어 들어갔다는 아내처럼 저도 처자를 찾아 떠나려 합니다. 이것은 사고 현장에 도착한 이래 강물을 바라보며 제 마음에 살아오는 유일한 소망이었습니다. 행여 살아남아 보람된 일을 해야 한다는 생의 의무감을 생각하지 아니한 것이 아니지만, 저희 세 식구가 지닌 쓰라린 사랑의 메시지보다 더 생생한 경종이 어디에 있겠으며, 살아남은 사람들에게 사랑을 일깨워 주고자 하는 생을 초월한 선택이 어찌 소극적인 결심일 수 있겠습니까?"

이 글은 내 친구 장재인이 1990년 9월 15일 새벽 2시에 남겨 놓은 유서 '남기는 말씀'의 첫 부분이다. 그해 9월 1일 오후 2시 45분경 여주 섬강교에 버스가 추락하면서 버스에 타고 있던 아내와 다섯 살 아들이 죽고 나서 보름 만이었다. 재인은 아들의 시신을 강화도에서 찾아와 수습을 해 놓고 여주고대병원 앞을 흐르는 강둑 전봇대에 스스로 목을 매 세상을 하직했다. 유서의 원본은 아내의 머리맡에, 부본 하나는 자신의 가방 안에 들어 있었다.

재인은 재수를 해서 나보다 한 해 뒤에 공주사대에 입학했다. 나는 재인과 그의 자취방 두 면을 빈 술병으로 채울 때까지 함께 술을 마신 적이 있다. 둘 다 가난한 가정에서 태어났기에 우리는 힘겹게 살아온 이야기, 현실 비판, 앞으로의 각오 등을 이야기했다. 재인은 아버님이 사업에 실패하고 택시를 사서 운수업을 하다가 사람이 죽는 바람에 집안이 기울어 중학교와 고등학교를 신문배달이나 군고구마 장사를 하면서 어렵게 졸업했다는 이야기를 털어놓았다. 우리는 취하면 잠시 잠들었다가 깨면 다시 술을 마시며 서로를 알아갔다.

1980년 봄 나는 공주사대의 〈사대신문〉 편집장이었고 신문사 기자였던 재인은 학생회장이기도 했다. 우리는 1980년 5월 14일과 15일 이틀 동안 비를 맞으며 공주 시내로 나가 "군부는 물러나고 계엄령을 해제하라!"는 구호를 외쳤다. 그리고 5월 16일 밤에 시위 주동자 열 명은 두 명씩 조를 짜서 일단 도피했다. 나는 다른 한 친구와 산길을 걸어서 대전에 도착해 함께 간 친구의 친구 집에 숨어 있었다.

그 친구의 아버지는 예비역 소령이었다. 친구와 나는 그분과 술을 마시며 이야기를 나누다가 계엄군이 탱크를 몰고 들어오면 탱크 밑에 들어가 이 한 목숨 내던지면 된다고 말했다. 그러자 그분은 위험한 생각 하지 말라고 충고를 했다. 이후 나는 한 달 가까이 도망 다니다가 자진 출두해 군사법정에서 재판을 받았다. 나중에 출옥하고서야 광주의 엄청난 비극을 알고서는 내가 얼마나 철이 없었는지 깨달았다.

당시 재판을 받은 충청 지역 학생은 모두 33명, 그중 공주사대 출신은 7명이었다. 재판정에는 하필이면 어머니가 둘째 동생과 함께 와 있었다. 그런데 동생은 나에게 다가오려다 헌병에게 잡혀 나가 재판정으로 돌아오지 못했다. 어머니는 재판에 참석하기 위해 전날 밤 여관에서 날밤을 새우다시피 했는데 큰아들은 오랏줄에 묶여 재판을 받고 둘째 아들은 잡혀 나가니 얼마나 당황하셨을까!

　동생은 간단한 신원조회 후 곧 풀려났지만 재판정에서 학생들이 군사정권을 심하게 비판하는 목소리를 들으신 어머니는 엄청난 충격을 받으셨다. 그날 이후 어머니는 심장이 뛰고 밤에 잠을 이루지 못하는 병을 얻으셨다.

　1991년 1월에 나는 재인이 생전에 썼던 노트들을 그의 동생에게서 넘겨받아 유고시집 『그대여 여기는 지금 어디쯤인가』(평밭)를 펴냈다. 그 시집에는 「물은 피보다 진하다」라는 시가 실려 있다.

　　어머니
　　중촌동에 맺힌 눈물이
　　시내 되어 흐를 때

　　무등의 골에는
　　피가 고여 있었지요.

　　그런데
　　피보다 눈물이
　　더욱 두려운 까닭은?

함께 재판을 받았던 공주사대 친구들은 나와 다른 한 친구를 빼고는 1985년에 모두 복학했다. 그때 재인은 나중에 아내가 된 사대신문 기자였던 후배 최영애를 만났다. 재인은 졸업을 하고도 학생운동 경력 때문에 발령이 유보되어 영어회화테이프 판매와 학원강사로 힘겹게 생활하고 있었다. 그러다 1987년에 덕수상고 교사로 발령받았다.

다음 해인 1988년 재인의 아내가 본인의 희망과 전혀 상관없이 강원도 홍천으로 발령을 받는 바람에 두 사람은 주말부부가 되었다. 그때 재인은 가족들 때문에 전교조에 참여할 수가 없는 아픔을 이 시에 담았을 것이다. 하여튼 재인과 그의 아내는 서울과 홍천을 한 번씩 오가며 생활하다 끔찍한 사고를 당했다. 그날의 사고로 희생당한 교사가 다섯 명이나 되었다.

대전교도소의 2사 2층 27방에 함께 수감되었던 대학동기 권영국은 2009년 3월에 간암으로 세상을 떴다. 2008년 여름에 발병 사실을 알고는 교사인 아내와 함께 휴직을 하고 월악산 아래에서 요양을 했는데 그의 아내는 그때가 일생에서 최고로 행복했다고 했다. 영국은 재활 의지가 강했다. 병원 치료를 받지 않고 약도 먹지 않았다. 마지막까지 모든 사람을 편하게 만났다. 그런 몸으로도 2008년 12월 내 아버지가 돌아가셨을 때 장례식장까지 나타나 두 시간이나 앉아 있다 갔다. 의사들이 놀랄 정도로 암세포는 미약해졌지만 영국은 체력이 약해지는 바람에 구토로 기도가 막혀 세상을 떠났다.

그해 3월 15일 그의 장례식장에 가니 교사들이 주관한 영결식이 마치 운동권 학생들의 출정식을 방불케 했다. 평생을 교육민주화 운동에 투신한 한 교사가 7개월간의 암투병 끝에 맞이한 안타까운 죽음 때문만은 아니었을 것이다. 그때 나는 〈학교도서관저널〉 창간의 깃발을 높이 들고 있을 때였다. 장례식장에 참석한 교사들이나 나나 교육현장이 정말 이대로는 안 된다는 절박한 심정은 같았을 것이다.

장례식장에서 도종환 시인은 "추도시는 쓰지 않을 것이며, 특히 후배의 추도시는 더더구나 쓰지 않겠다고 장담했지만 영국이의 부음을 듣고는 가슴을 쥐어뜯으며 추도시를 쓰지 않을 수 없었다"고 했다.

영국은 감옥을 한 번 더 갔다 왔다. 1989년에 전교조 충북지부 초대지회장으로 일한 덕분이다. 그때 지회장 후보는 도종환 시인이었지만 영국은 도종환 형이 몸이 약하니 감옥에서 버틸 수 없을 것이라며 '충북지회장'이라는 짐을 대신 짊어졌다고 했다.

도종환 시인이 영국을 추도하며 쓴 시의 제목은 「펄럭이는 그대 – 권영국 선생을 보내며」이다.

그대가 있어서 우리가 여기까지 왔습니다

그대가 있어서 우리가 한 시대를 덜 부끄럽게 살았습니다

우리의 맨 처음이고 맨 앞이었던 그대

우리가 깃발을 들기 두려워하고 주저할 때면

스스로 깃발이 되어 맨 앞에서 펄럭이던 그대

우리가 한 발짝을 먼저 디디면

열 발짝 앞서 있어서 우리를 당혹하게 만들던 그대

먼저 깨닫고 먼저 준비하고

먼저 고난 받던 그대

그대에게 우리는 갚지 못한 빚이 있습니다

그대의 낙천주의 옆에서 함께 웃음을 나누어 먹으면서도

그래서 늘 미안하였습니다

그대가 홀로 힘들어 하며 미륵의 계곡을 오르거나

폐허의 서쪽으로 한없이 걸어가고 있는 걸 보았을 때도

그대를 다만 지켜볼 수밖에 없어 마음 아팠습니다

오늘도 먼저 가는 그대를 지켜볼 수밖에 없어 미안합니다

그러나 대열 맨 앞에 서서 저지선을 향해 나아가다

곤봉에 머리를 맞아 낭자하던 선혈

그 흐르는 피를 싸매던 손수건을

나는 아직도 버리지 않고 있습니다

그대가 떠난 뒤에도 나는 이 세상에 남아

그대의 핏자국과 함께

피 흘리며 지켜낸 한 시대와 함께

그대를 오래오래 기억할 것입니다

절망의 텃밭을 어떻게 희망으로 일구어 가는지 알려주고

고난 속에서도 우리가 왜 웃으며 일해야 하는지 보여주고

지금 어렵게 시작하는 일이

나중에 어떤 의미가 되는지 일깨워주고

열정이 우리를 생의 어디까지 끌고 가는지 말해주며

서둘러 떠나는 그대

펄럭이는 펄럭이는 그대

그대의 이름을 오래오래 기억할 것입니다

함께 재판을 받았던 33명 중에 죽은 사람은 몇 사람 더 있다. 한 친구는 석가탄신일 특사로 출감해 친구들과 반갑게 술을 마시고 잠들었다가 죽기도 했다.

젊은 시절의 열정이 엄청난 고문과 압박을 불러 왔다. 비록 목숨을 잃지는 않았다 하더라도 지난 시절 결코 잊지 못할 아픔을 겪은 사람이 적지 않다. 죽은 사람이 무슨 말을 하겠는가. 나는 힘들어서 어딘가로 도피하고 싶을 때마다 친구들이 나의 뒷덜미를 낚아채는 듯한 느낌을 받곤 한다.

재인은 그의 뜻대로 남한강 묘역에 부부가 결혼반지를 낀 채 아들을 사이에 두고 관 하나에 묻혔다. 그날의 장면을 잊은 적

은 없다. 요즘도 어머니는 내가 재판 받던 날을 가끔 이야기하신다. 살아남은 자의 몫이란 무엇일까? 친구들과 우리는 다음에 죽는 사람은 심지 뽑기로 공평하게 정하자고 농담했다. 이제 언제 죽어도 아쉽지 않을 만큼은 살았다고 자부한다. 그러나 어머니의 임종은 본 뒤라야 나도 눈을 감을 수 있을 것이다. 정말이지 어머니가 오래도록 살아 계셨으면 한다.

간병 일기
5

2014. 06. 15 ~ 2014. 10. 27

딸과의 데이트

| 2014. 06. 15 |

어제와 오늘 이번 주에 써야 할 원고는 연재 원고 하나를 빼고 모두 정리했다. 이번 주도 바쁘다. 게다가 서울국제도서전도 열린다. 20일에는 토론에도 참석해야 한다. 책도 여러 권 마무리한다. 내가 직접 만드는 것은 아니지만 정신적인 부담은 크다. 일 때문에 월드컵 축구도 눈에 들어오지 않는다.

이제부터는 작은딸과 함께 데이트를 해야 한다. 프랑스로 건너가 어학연수를 하고 입학 허가를 받은 다음 잠시 다니러 왔다. 23일에는 다시 돌아가야 한다니 데이트를 하며 이야기를 나눌 생각이다. 그런데 어제 사랑니를 빼서 아무것도 먹지 못하니 뭘 사줘야 할까? 하여튼 오늘 오후에는 좀 쉴 생각이다.

상대를 이해하면

| 2014. 06. 29 |

어제(토요일) 오후 3시부터 여의디지털도서관에서 강연을 했다. 북콘서트는 2회째라고 했다. '당신만의 오솔길을 디자인하라'라는 제목으로 강연을 했는데 대부분 성인이었다. 모두들 진지하게 들어주셨다. 이런 자리에 가면 이제 나를 알고 오시는 분들이 꽤 있다. 어떤 분은 질문을 하시면서 내가 '한국의 다치바나 다카시'라고 말씀하셔서 부끄러웠다. 그러나 기분이 나쁘지는 않았다. 책에 파묻혀 사는 것은 맞으니 말이다.

여의디지털도서관에는 처음 들렀다. 올해 3월 18일에 개관한 도서관은 전경련이 10년 동안 기부체납한 구립도서관이다. 1층은 북카페이고, 2층은 4,000여 권의 전자책과 전자신문, 2,000여 점의 DVD가 구비된 멀티미디어실이다. 문화강좌와 무료영화상영도 하고 세미나실은 대관도 한단다. 시설이 깔끔해서 좋았다. 강연이 끝나고 사회를 보신 분이 방향이 같다며 당산역에 내려주셨다. 집에 일찍 들어가니 혼자 계시던 어머니가 반기셨다.

어머니와 저녁을 함께 먹고 주말드라마도 함께 봤다. 처제도

되고 제수도 되는 이상한 결혼이 등장하는 드라마이다. 어머니와 이래도 되냐고 이야기를 나누며 웃었다. 드라마가 끝나니 어머니는 잠이 드셨다. 숨소리가 고른 것이 편안해 보였다. 전에는 잠을 못 잔다는 말씀을 많이 하셨는데 그리고 보니 최근에는 그런 이야기를 들은 기억이 없다. 요즘 드라마 내용을 기억도 잘 하시고 몸에 대한 투징이 없으신 걸 보니 정말로 마음이 편안하신 것 같다. 일 없는 동생이 평일에 놀아 주어서 그런 것일까? 어머니가 편안하시니 내 마음도 홀가분하다.

오늘 오전에 읽기를 끝낸 성석제의 『투명인간』(창비)의 여진이 멈추지 않는다. 소설에는 술에만 모든 것을 의지하는 완고한 아버지가 등장한다. 내 삶이 소설 안에 있었다. 이 소설은 3대에 걸친 한 가족의 가족사와 시대사를 절묘하게 복원해 낸다. 이 가족이 겪는 아픔이 내 아픔 같았다. 형태는 달라도 겪는 아픔은 크게 다르지 않았다.

가족이란 무엇인가? 주인공 김만수는 절대로 비관하지 않는다. 소설에 등장하는 사람들이 모두 자기주장이 강한 사람들이지만 만수는 단 한 번도 자신의 속내를 드러내지 않는다. 도저히 이해할 수 없을 정도로 순박한 그는 온갖 고초를 겪어 내며 가족을 건사하고 생활을 꾸려 가지만 가족 누구에게도 인정받지 못한다.

다음은 결코 낙관을 잃지 않는 김만수가 한 발언이다.

"우리 할아버지가 젊을 때 빚을 져서는 증조할머니하고 할머니, 아버지 데리고 밤중에 도망쳐가지고 내 고향 개운리 산골짜기로 들어오셨다는구만. 그래서 아버지가 어머니하고 결혼해서 우리 육남매를 낳았지. 우리 할아버지가 빚 때문에 도망치지 않았으면 나도 세상에 없었을 거야. 나는 빚 때문에 태어난 거라고. 어떨 때는 빚도 고마운 거야."

가족이나 직원 등 가까이 있는 사람들이 상처를 주는 법이다. 그러나 그것을 조금만 뒤집으면 상처만 주는 것이 아니라 살아갈 힘도 준다. 상대의 허물만 들추지 않고 장점만 생각하면 모든 문제가 저절로 풀린다. 가족도 이해해 주려고만 들면 서로 상처를 주는 일은 없앨 수 있다. 나는 비관을 많이 했었다. 친구들을 만나도 내가 힘든 이야기만 주로 했다. 요즘도 스스로 지쳐 주저앉는 적이 가끔 있지만 그것은 나 자신에 대한 자학 때문에 그러는 것일뿐 직원들과 형제들은 최대한 이해하려 든다. 나를 그렇게 바꾼 것은 어머니이다.

칠순이 넘어서도 천막공장에 다니시던 어머니는 다리가 불편하셔서 집 안에서도 지팡이부터 챙기신다. 잇몸이 닳아 잘 씹지를 못하셔서 늘 국물이 있는 음식을 챙겨야 한다. 생선도 연한 것을 상에 올린다.

한번은 비싼 갈치가 정말 물이 좋았다. 그래서 갈치국이나 갈치찌개를 끓여 드렸는데 한두 번만 잘 드셨다. 어떤 이가 내 블로그에서 나의 고민을 알고는 레시피를 게시판에 남겨 주셔서 정말 맛있는 갈치찌개를 끓일 수 있었다. 그러나 어느 순간부터 아무 말씀도 없이 갈치는 싫다고 하시며 전혀 드시지 않으셨다.

이런 환장할 노릇이 있나! 처음에는 가시 때문에 그러시는 줄 알고 가시를 발라 먹기 좋게 상에 놓아 드렸지만 효과가 없었다. 그러다 둘째 동생이 올라왔기에 불만을 털어놓았다. 그랬더니 어머니는 갈치에 대한 나쁜 추억이 있어 절대로 드시지 않는다고 했다. 한두 번 드신 것은 형에 대한 미안함 때문일 거라고.

동생의 설명은 이랬다.

어머니가 다니던 천막공장에서는 점심 때 직원들이 도시락을 싸 와서 모두가 둘러앉아 함께 먹었다. 하루는 누군가가 반찬으로 싸 온 갈치찜을 어머니가 드시고는 심하게 탈이 나서 병원으로 실려 가셨다는 것이다. 아마도 여름 복더위에 갈치찜이 상했던 모양이다. 이후 어머니는 갈치라면 진절머리를 내신다고 했다. 나중에 어머니께 확인했더니 자세한 이야기를 해 주셨다. 그래서 앞으로는 어머니에게 무조건 묻기로 했다. 무엇이 드시고 싶으냐? 소금이나 간장 어느 것으로 간을 맞추느냐? 무엇이든 물어 대기 시작했다. 밖에서 먹다가 어머니 생각나면 염치불구하고 조금은 싸서 어머니에게 갖다 드렸다. 오로지 어머니가 맛나게 식사를 하시면 그게 행복이지 싶었다. 과일을 여러 종 사다가 갈아 드리는 것은 물론이고 시장에 들를 때는 시간을 내어 어머니가 좋아할 만한 것을 찾아다녔다. 채소도 최대한 야들야들 한 것이 있으면 사다가 국을 끓였다.

이런 일이 한두 가지가 아니다. 하루 종일 혼자 계시는 어머니가 얼마나 힘드실까? 그런데도 늘 당신보다 자식 생각부터 하신다. 싫어도 싫다는 표현을 절대 하지 않으신다. 내가 술이 취해 집에 들어오면 어떻게든 챙겨 편안하게 자게 하느라 잠도 못 주무신다. 거실 컴퓨터 앞 의자에 앉아 있는 나를 옮기지 못해 끌탕을 앓으시고도 내게는 뭐라 하시지 않는다.

어머니와 이런 일을 자주 겪으면서 나는 성급한 예단에 따른 잘못된 판단을 가급적 하지 않으려고 노력한다. 상대에게 섭섭한 일이 생길 때는 늘 상대가 나에게 잘해 준 것을 떠올리려 노력한다. 내가 젊어서 이런 태도를 지녔다면 내 인간관계가 좀 더 풍성했을 것이다. 이걸 깨달은 다음에 출판사 경영자들을 만나 보니 성공한 경영자는 대부분 '입보살'이라는 사실을 알 수 있었다. 반면에 한때 베스트셀러를 펴낸 경험이 있지만 지금은 망해 가는 출판사 사장들은 대부분 자기밖에 모르는 사람이 많았다. 그런 사람들이 업계의 일을 챙길 리가 없다. 세상일은 이렇게 간단한 이치가 적용된다는 것을 이제야 깨달았다는 것이 부끄러울 뿐이다.

새로운 일

| 2014. 07. 12 |

어제는 많이 우울했다. 2006년부터 2007년에 주고받은 메일을 지우면서 일부를 읽어 보았다. 두 딸에게서 받은 메일에 등장하는 나는 '괴물'이었다. 대학을 졸업한 다음에는 스스로 세상을 이기라고 말해 놓고 나는 아이들의 아픔을 전혀 보듬어 주지 못했다. 자식이 능력이 있건 없건 회사에 데려다놓고 중책을 주는 사람이 많은데 나는 애써 눈을 감고 딸들이 겪는 고통을 돌봐 주지 않고 있었다. 많이 아프고 힘들었을 것이다.

나는 외국에서 공부하는 자식들을 도와주지도 못하면서 모아 놓은 재산도 없다. 오히려 빚만 잔뜩 있다. 매달 25일만 되면 통장에 있던 돈은 썰물처럼 빠져나간다. 늘 모자랐지만 그런대로 버텨 왔다. 그러나 미래가 불안하지 않았다. 직원들이 들으면 섭섭하겠지만 두 회사를 포기하는 순간 '고생은 끝나고 행복이 시작'된다. 누가 제발 그만둘 명분을 줬으면 하는 엉뚱한 상상도 해 보곤 했다. 심지어 아파서 병원에 한두 달 쓰러져 있었으면 하는 상상을 한 적도 있다.

올해 직원 수를 50퍼센트나 늘렸다. 두 회사의 단행본팀을 강화하고 〈기획회의〉의 주간을 새로 모셨다. 그러니 인건비 또한 50퍼센트 늘어난 것은 당연한 일. 게다가 독서운동을 강화할 예정이다. 그래서 편집위원들도 모셨다. '독서모델학교'도 새로 시작할 예정이었다. 그런데 세월호 참사가 터져 출판시장이 크게 가라앉았다. 서서히 회복되고는 있지만 워낙 상처가 깊다.

내가 『마흔 이후, 인생길』을 펴내려는 것도 새 일을 위해서였다. 이 책의 부제는 "독서 100권으로 찾는"이다. 누구든 자신이 일하려는 분야의 책 100권만 읽으면 새 인생을 시작할 수 있다는 주장을 펼치고 있다. 어제 다산초당에서 표지 시안을 메일로 보내고 최종확인을 요청했다. 처음보다 컨셉트가 명확해졌고, 표지도 괜찮아 보여 알아서 하라고 말했다. 이제 최종 마무리가 되었으니 다음 주말에는 책이 나온다.

어제 오피스텔을 정리했다. 10여 명이 모여 회의할 수 있도록 조그만 탁자와 의자 몇 개를 더 사다가 배치했다. 훨씬 넓어 보였다. 10명 정도를 놓고 강의를 할 수 있을 정도다. 이제 다시 일을 벌여야 하나? 월요일에 직원들 모두에게 물어볼 생각이다.

고독사를 피할 방법

| 2014. 07. 14 |

주말에 SBI에서 하는 12시간 분량의 강의안을 정리하고 13매의 원고를 쓰는 것 이외에는 크게 하는 일 없이 잘 쉬었다. 일요일 아침에는 설렁탕을 사러 나갔다. 아파트 건너편에 '한국의 3대 족발' 체인점이 새로 들어서는 바람에 아파트 쪽 기존의 족발집이 모든 메뉴의 가격을 이삼 천 원 내렸다는 안내문을 밖에 내걸었다. 이러다 두 집 다 망하는 것이 아닌가 걱정되었다. 하여튼 설렁탕을 사 오니 어머니가 누가 보내 준 감자도 있는데 된장찌개나 끓이지 뭐 하러 사왔냐며 타박을 하셨다.

점심에는 감자, 호박, 멸치, 민물새우, 버섯, 양파, 풋고추, 두부 등을 넣고 된장찌개를 끓였다. 어머니는 그것 하나만으로도 식사를 잘 하신다. 오후에 어머니는 혼자 가만히 앉아 계셨다. 내가 미안해 텔레비전도 안 보시느냐고 여쭸더니 볼 게 없다고 하신다. 리모컨을 눌러 보니 어제 보지 못한 '참 좋은 시절'의 재방송이 막 시작되고 있었다. 어머니는 어제 보셨을 텐데도 다시 보셨다. 드라마도 혼자 보는 것보다 같이 이야기를 나누며 보는 것이 재미가 있을 터였다.

"지구상에 지금처럼 많은 1인 가구, 즉 싱글이 있던 적은 없었다. 늘어난 수명만큼 혼자 사는 기간도 길어지고 있다. 우리는 점점 더 혼자라는 데 익숙해지고 자연스러워지고 있다. 그동안 가족이란 울타리에서 상대에게 의지하고 보살핌을 주고받으며 살아왔다면, 이젠 다양한 상품과 서비스, 기술적 진화가 가족을 대신해 우리를 충분히 보살펴줄 수 있다."(김용섭, 「'나 혼자 산다'가 당연한 세상」, 『사회를 말하는 사회』)

어머니가 아니었으면 나는 '1인 가구'로 혼자 살았을까? 아마 외로움을 많이 타는 나는 그러지 못했을 것이다. 홀로 되신 어머니를 모신 지 6년째. 도우미 아주머니 없이 혼자 모시려니 처음에는 힘들었다. 그러나 지금은 어머니 상태가 갈수록 좋아지신다. 식사도 잘 하시고 아프다는 말씀을 하시는 경우도 점차 줄어들었다. 설사나 변비 증세가 반복되어 고생하셨는데 그런 말씀도 없다. 우리 집안 여인들은 모두 아흔을 넘기셨는데 어머니 연세가 아흔이면 나는 67세이다. 아마도 내가 고희가 될 때까지는 사실 것이다. 비록 집 안에서도 지팡이를 짚기는 하지만 잡념을 줄이고 몸을 조금씩 움직이니 그런대로 체력이 적응하는 것 같다.

처음에 어머니는 잠을 못 잔다고 고통을 호소하셨다. 그게 죽음에 대한 공포 때문이라는 것을 알게 되자 세상과의 이별에도 시간이 필요하다는 것을 느낄 수 있었다. 아버지가 워낙 갑자기 돌아가시는 바람에 충격이 크셨던 듯하다. 그러나 그런 공포도 이제는 이겨 내신 것 같다. 어머니는 그저 내가 곁에 있는 것만으로 편안해 하신다. 컴퓨터 앞에 앉아 있는 것보다는 침대(어머니는 관절 때문에 늘 침대 생활을 하신다)에 같이 앉아 이런저런 이야기를 나누는 것을 좋아하신다. 이야기를 나눌 때는 그저 친구 같다.

요즘 평일에는 동생이 어머니 곁에 있어 그 덕에 내가 편하다. 그러나 동생은 주말에는 어김없이 시골로 가 버린다. 그러니 주말에 모시는 것은 내 몫이다. 어찌됐든 1주일 내내 어머니는 자식과 함께 계시니 더욱 마음의 안정을 찾는 것 같다. 그러나 나는 어떤가? 두 딸은 프랑스에 가 있으니 얼굴 보기가 쉽지 않다. 나는 어머니 같은 노후 생활은 꿈도 꾸지 못할 것이다. 아마도 혼자 고독사(무연사)하기 십상이다.

"그나마 개개인이 자발적으로 무연사회를 탈출하려는 노력을 하고 있다는 점은 고무적이다. 아쉽지만 이대로 가면 희망이 없기 때문이다. 메아리 없는 해법을 요구하는 것보다 가까운 게 각자도생의 전략을 마련하는 것이다. 독거, 무연의 연쇄 악재를 막을 방법을 가족관계의 현대적 연대에서 찾아봐야 한다. 관계 단절, 불황 지속이 낳은 새로운 생존 풍경이다."(정영수, 「고독사와의 결별을 꿈꾸며」, 『사회를 말하는 사회』)

나도 고독사를 피할 방안을 마련해 놓았다. '독서모델학교'와 연결되어 있다. 건강만 챙기면 각자의 방에서 살면서 함께 밥

먹거나 술을 마시는 '테이블 메이트' 혹은 '와인 메이트'들과 격의 없는 노후 생활을 즐길 수 있는 계획을 세워 놓았다. 내가 벌써 이리 늙었나? 어머니 덕분에 그런대로 고독사를 면할 궁리를 미리 해 둘 수 있었다. 그것이 제대로 실행될지는 더 두고 보아야 하지만 계획이라도 세우게 된 것은 아무래도 어머니와의 삶 때문이 아닌가 싶다.

주부로서의 자신감

| 2014. 07. 20 |

어제 귀가하면서 닭을 몇 마리 샀다. 오늘 점심에 요리해 드릴 예정이다. 어제 저녁은 전복죽을 사 왔다. 이제는 정말 죽을 쑤는 방법을 배워야 할 것 같다. 어머니가 투덜거리시는 것은 죽이 싫어서가 아니라 가격이 비싸다는 것 때문일 것이다. 죽을 사다 드리면 정말 잘 드신다. 그 정도의 맛을 낼 정도로 실력을 닦아 놓아야 주부로서 자신감도 가질 수 있을 것 같다.

어머니 눈물의 의미

| 2014. 07. 28 |

오늘 어머니와 주말드라마 '참 좋은 시절'을 보는데 어머니가 몰래 눈물을 훔치시는 게 보였다. 장소심(윤여정 분) 여사가 "더 이상 엄마 노릇은 하고 싶지 않다. 지긋지긋하다"며 '엄마 사표'를 내자 자식들이 모두 반대하고 나섰다. 당연히 남편도 강력하게 반대했다. 자식들은 모두 엄마 생각을 이해하지 못했다. 오직 둘째 아들 강동석 검사만 아버지에게 이혼을 해 달라는 어머니의 요구를 받아들이라고 말했다. 평생 "너희들 키우느라고 아무 일도 못 했다"는 말을 자식들은 이해하려 들지 않았다. 그 대목에서 어머니는 소리 없이 눈물을 흘리셨다. 나는 어머니가 눈물을 흘리시는 의미를 제대로 깨우치고 있을까.

하루 종일 일을 하고 와서 밤새 열 식구 수발하시던 어머니. 어머니는 냉장고나 세탁기도 없던 시절 불을 때서 밥을 했던 일들이 서글프셨을까? 할머니는 칠석날에 돌아가셨다. 그해 추석에 형제들이 다투자 어머니는 생전 처음으로 큰소리를 치셨다. 그 호통이 '이제 이 집안의 어른은 나'라는 선언처럼 들렸다. 그해 어머니는 환갑을 맞이하셨다. 그 이후에도 어머니는 늘 일을 다니셔서 퇴행성 관절로 지금도 고생하신다.

드라마 속의 장소심 여사가 무척 인간적으로 보였다. 장 여사는 이혼을 하고 집을 나가겠다고 했다. 내 어머니는 나가실 수 없다. 자식들의 처분만 바라는 안타까운 처지이다. 나는 가능한 한 어머니를 집에서 모실 것이다. 요양원 같은 것은 생각하지 않는다. 마지막까지 어머니의 손을 잡아 드리고 싶다. 자식만 바라보고 평생 고생만 하신 분이다. 나는 드라마가 끝난 뒤 어머니를 사랑한다고 조용히 안아 드렸다.

주말 동안은 강연 준비를 하면서 푹 쉬었다. 드라마를 보면서도 누워서 양발을 부딪치는 것을 500번쯤 했다. 그러니 피가 도는지 몸이 개운해졌다. 건널목에서 신호등을 기다리는 동안에도 고개를 돌린다. 무조건 몸을 많이 움직여야 한다. 주말에 편하게 쉬었더니 몸이 많이 좋아진 것 같나. 하지만 주초부터는 다시 바쁘다. 오늘은 용인의 한 연수원에서 오후 1시 10분부터 세 시간 강의가 있다. 그래서 오전에 일찍 출발해야 한다.

두려움을 용기로

| 2014. 07. 31 |

저녁도 먹지 않고 소설을 끝까지 읽고는 국거리용 소고기를 한 근 사서 오후 9시 30분이 넘어 귀가했다. 간단하게 저녁을 때우고 책상 앞에 앉으니 『기억 깨물기』(소담출판사)가 보이지 않았다. 할 수 없이 다시 사무실로 나왔다. 나오다가 에라 모르겠다는 심정으로 영화 '명량'을 봤다. 12시 10분 영화였지만 자리는 거의 찼다. 영화 속에서 이순신은 12척의 배밖에 없었지만 "두려움을 용기로 바꿔" 승리한다. 이순신은 아들에게 승리가 천행이라고 말한다. 아들은 이순신에게 묻는다. 천행이 회오리와 백성 중에 어느 쪽이냐고?

영화를 보고 나오자 문득 한 출판사 대표가 떠올랐다. 미래가 불안한 그는 매우 조급해져 있었다. 그는 직원들도, 자신이 기획한 책도 믿지 못했다. 그런데도 그는 계속 일만 저질렀다. 세상이 달라지고 있다. 책을 읽는 독자가 달라지고 있다. 글 쓰는 방식과 읽는 방식, 글을 읽는 기기와 텍스트도 달라지고 있다. 그는 그런 사실은 전혀 고려하지 않고 있었다. 편집자의 유일한 재산인 아집 혹은 옹고집으로 똘똘 뭉친 사람이었다. 모든 결정을 '독불장군'으로 결정하다 보니 외로울 수밖에 없었을 것이다.

　그를 떠올리자 나는 오히려 자신감이 붙었다. 나에게는 자신의 모든 것을 걸고 일하는 직원들이 있다. 그들이 있으니 내가 있다. 그리고 나는 요즘 책의 미래에 대한 확신이 깊어지고 있다. 오래전에 쓴 글을 다시 들춰 보면 내가 너무 빨랐다는 생각이 든다. 이제야 때가 됐다. 책의 아이디어는 수없이 떠오른다. 그러나 직원들에게 일일이 털어 놓지는 못한다. 이미 과부하 걸려 있으니 천천히 해야 할 것이다. 두려움이 사라지니 몸도 많이 편해졌다. 목 주변의 통증도 거의 사라졌다. 나야말로 두려움을 용기로 바꾼 것인가? 앞으로 정말 재미있게 일하기만 하면 된다.

미래를 위한 몸 관리

| 2014. 08. 06 |

'세월운'이 있는 모양이다. 후배가 한 말이다. 맞는 것 같다. 행복
한상상의 친구들을 만나면 괜히 기분이 좋다. 어제 그들과 정말
즐거운 시간을 보냈다. 같이 있는 것만으로도 행복했다. 어머니
에게는 죄송했다. 어제 열 번쯤 집에 전화를 걸어 어머니와 통화
했다. 어머니는 동생을 다시 병원에 보내고도 의연하셨다. 동생이
술에 취해 한 말이 많이 아팠던 것 같다. 죽을 시켜 드린다고 해
도 싫다 하셨다. 혼자 밥을 잘 챙겨서 드셨다. 이건 또 한 단계 나
아간 것이다. 인간은 막장에 몰리면 놀라운 능력을 발휘한다. 어
머니를 대상으로 실험하는 것 같아 죄송했지만 나는 어머니의 그
런 진화가 놀랍다. 자식들에게 부담을 주지 않으시려는 강한 의
지가 어머니를 강하게 만드는 것이다. 오늘도 어머니는 정확하게
6시에 전기밥통에 밥을 안치셨다. 나는 찌개만 끓였다.

　오전에는 양구에 벌침을 맞으러 다녀왔다. 물 좋고 공기 좋고
황토방도 좋은 곳에서 며칠 휴가 삼아 조용히 지내며 치료를 하
고 오면 얼마나 좋을까? 그러나 나는 집에 홀로 계시는 어머니 때

문에 아무 곳에도 갈 수 없다. 답답하지만 어쩌겠는가. 몸 관리를 못한 내 탓인걸. 침 선생 부부와 막국수, 빈대떡을 먹은 뒤 그 집에서 파는 사과를 두 봉지 사서 한 봉지씩 나눠 가졌다.

사무실에 들어오니 오후 5시. 신간을 챙겨 오피스텔로 와서는 '한기호의 책통'을 썼다. 벌써 7개월째이다. 머릿속에 맴도는 아이템 중 하나를 정해 쓰기 시작하니 금방 끝났다. 그 와중에도 원고 청탁이 계속 몰려온다. 이것을 내가 앞으로 해결할 수 있을까? 그러기 위해서는 몸부터 만들어야 한다. 오늘은 택시를 타고 집에 일찍 들어갈 생각이다. 다리를 쭉 펴고 잠이나 푹 자야겠다.

내 책『마흔 이후, 인생길』을 다산초당에서 〈한겨레〉와 〈경향신문〉에 광고했다는 것을 양구로 가는 차 안에서 신문을 읽다가 알게 됐다. 저녁 무렵에 다산에서 전화가 왔다. 판매부수가 점차 오르고 있어 광고를 더 해 볼 생각이라고 했다. 고마운 일이긴 하나 책이 조금 팔리다 말면 어쩌나 걱정이다. 하지만 막장에 몰린 사람들이 이 책을 읽기 시작하면 의외의 성과가 나올 수도 있을 것이다. 영화 '명량'의 폭발적인 인기와도 맥락이 닿아 있으니 말이다. 하여튼 출판사가 손해는 보지 말았으면 좋겠다.

드라마 같은 인생

| 2014. 08. 11 |

주말에 내가 책을 읽다가 낮잠을 자는 일을 반복하는 사이에 어머니는 빨래를 개고, 마늘을 까고, 바느질도 하셨다. 동생의 옷이 크게 뜯어진 것을 꿰매 놓으시고는 만족해 하셨다. 주부가 되어 보면 안다. 밥 때는 왜 그리 빨리 오는지.

어제 온갖 난장을 피던 주말 드라마 '참 좋은 시절'이 끝났다. 결국은 온 가족이 화목한 것으로 끝이 났다. 우리 인생이 드라마처럼 되면 얼마나 좋을까?『잘못은 우리 별에 있어』(북폴리오)에 등장하는 말처럼, "집은 마음이 있는 곳"이면 참 좋을 텐데 말이다. 하여튼 나는 어머니와 주말에 행복하게 보냈다.

새로운 인연 만들기

| 2014. 08. 17 |

'불륜'이라는 너무나 진부하고 통속적인 소재를 이렇게 쓸 수도 있다니! 요시다 슈이치의 『사랑에 난폭』(은행나무)이라는 소설을 읽고 나서 내 삶도 잠시 생각해 보게 되었다. 나의 결혼 생활 20년이 파탄이 난 것은 12년 전이다. 그 이후 어찌 한 사람도 만나지 않았겠는가. 그러나 2006년의 만남은 겨우 4개월을 넘기고 끝났다. 마모루와 그의 내연녀 미타쿠 나오는 16살 차이였다. 내 경우도 비슷했다. 나는 어린 여자의 마음을 잘 이해하지 못했다. 늘 내 입장만 생각하니 일이 잘 될 리가 없다. 나는 늘 바빴다. 늘 생존을 거는 일이 있었다. 글을 마감하려면 무조건 읽어야 했다. 절대적인 시간 확보가 필요한 일이다. 그게 시시때때로 예측이 불가능하다. 일을 포기하면 내가 살아남기 힘들었다. 그것을 알아주지 못하는 상대가 원망스러웠지만 내가 말한 적이 없으니 그냥 참았다. 하지만 그게 참아지는 것일까?

내가 외로우면 겨우 시간을 내서 달려갔다. 꽃이야 들고 갔지만 그걸로 여자의 마음을 얻을 수 있을까? 나는 상대의 '불안'부터 보듬어야 했으나 그러지 못했다. 이 소설에서 모모코는 '이상 행동'을 한다. 불안해지면 무슨 짓인들 못할까? 그 이후 나는 여자 좀 소개시켜 달라고 주변에 떠들어서 몇 사람을 만났다. 모두 나에게는 감지덕지인 사람들이었다. 그러나 나는 모두 이런저런 핑계를 대며 인연을 이어 가지 않았다. 내가 감당할 수 없을 때 새로운 인연은 고통만 남긴다는 것을 알게 됐기 때문이다.

나는 내가 자유롭게 시간을 내고 상대를 배려할 수 있을 때에 사랑이 가능하다는 것을 느꼈다. 이게 바보 같은 생각이라는 것쯤은 안다. 그러나 지금은 내가 저질러 놓은 일이 너무 많다. 그것을 수습하기에도 벅차다. 그래서 새로운 인연을 만들지 않으려고 노력했다. 지난번 타로점을 봤을 때 점 선생도 이 이야기를 했는데 상당히 정확했다.

내가 올해 가장 잘한 일

| 2014. 08. 23 |

내가 올해 가장 잘한 일은 무엇일까? 아마도 〈기획회의〉 15주년 기념호를 내면서 후배들에게 편집권을 넘겨준 것이 아닐까? 소소하고 미미한 간섭을 하지 않는 것은 아니나 이것은 과도기에 불과하다. 머지않아 그들이 전권을 쥐고 흔들 것이다. 이미 〈학교도서관저널〉은 권한이 모두 기획위원회와 편집위원회에 넘어가 있다. 그랬더니 갈수록 내용이 좋아진다. 동서고금을 통틀어 가장 합리적인 리더십은 "사람을 알고(知人), 사람을 알았으면 쓸 줄 알고(用人), 사람을 썼으면 크게 쓰고(重用), 크게 썼으면 맡기고(委任), 그래서 잘 돌아가면 이간질하는 간신배를 멀리하는(遠小人)" 것이다.

8월의 〈기획회의〉 편집회의 때 편집위원들이 내 의도를 완전히 이해해 준 것으로 보였다. 적당히 넘기는 척하면서 간섭하는 것이 아니라 소신을 갖고 일해 보라는 것, 이제 혼자가 아니라 여럿이니 크게 놀아 보라는 것. 이것을 직원들도 이해해 주어서 기뻤다. 내가 〈기획회의〉를 위해 일하는 것은 광고를 유치하는 것과 원고를 청탁하면 글을 쓰는 것이다. 전에는 원고료를 아끼려고 열심히 썼으나 이제는 최대한 거절한다.

이런 체제가 잘 굴러가기 시작하자 통풍이 재발했다. 문득 40년을 교사로 일하시다 정년퇴임한 스승님의 말이 생각났다.

"처음에 정년퇴임하고는 억울했다. 아직 팔팔한데 물러나야 하나? 그러나 살아 보니 그게 아니었다. 한 해 두 해 체력이 떨어지기 시작했다. 정년퇴임 제도가 인간을 위한 배려였다는 것을 알게 됐다. 체력은 한순간에 간다. 그러니 한 소장도 이제 일을 줄이고 몸부터 관리해라!"

통풍이 4년 만에 찾아온 게 무척 고마웠다. 덕분에 술을 끊고 몸을 관리하기 시작했다. 마음이 여유로워서인지 잠이 잘 온다. 몸은 점점 좋아지고 있다. 술도 마시고 싶다는 생각이 전혀 들지 않는다. 그러나 조금 슬픈 것은 사실이다. 2010년까지도 하루에 두세 시간만 자면서 황소같이 일을 했다. 많게는 1주일에 20권의 책을 읽었다. 그러나 이제는 그렇게 일을 할 수가 없다. 그러니 점차 물려주는 것이 옳다. 나이에 맞는 새로운 일을 하는 것이 옳다. 가령 '독서모델학교'를 설립하는 것 같은 일 말이다. 그러니 직원을 늘리고 새로운 편집위원회를 꾸려 일을 넘겨준 것이 옳았다. 올해 중에 홈페이지를 개편하고, 대형 이벤트의 안을 확립하면 내년부터는 모두가 열심히 즐겁게 일할 수 있는 멍석이 제대로 깔릴 것이다.

프랑스의 한 대학에 입학해 공부하고 있는 작은딸도 스스로 제 인생을 잘 살아가고 있다. 지난 6월에 잠시 귀국했을 때는 나에게 딱 한 가지만 부탁하겠단다.

"아빠, 제발 건강 하나만은 챙겨!"

그제 아침에 출근하면서 어머니에게 뽀뽀를 해 드리려고 하니 어머니가 골이 나 계셨다. 전날 밤 마음이 참 아름다운 이가 헤어지면서 '트레비'라는 탄산수 세 통을 내 가방에 넣어 주었다. 그걸 책상 앞에 놓아두었는데 술로 착각하시고는 "몸이 좋지 않아서 술을 안 마신다더니 또 술이냐"고 말씀하셨다. 결국 어머니가 마셔 보고는 오해가 풀렸다. 점차 집 안 소소한 곳에서 일을 챙기시는 모습이 보인다. 이러다 혼자 사시겠다고 하실지도 모르겠다. 인간은 강하다. 손잡아 주는 한 사람이 있으면 절대로 인생을 포기하지 않는다.

오늘은 사무실에 나가서 일을 해야 한다. 마감이 월요일인 외부 원고가 3개나 된다. 안에서 쫓긴 놈이 밖에서 살아남으려는 꼴이기는 하나 어쩌겠는가? 가끔은 거절하지만 '아직은'이다. 이런 일도 평일에 부지런히 해 놓으면 좋으련만 늘 그게 안 된다.

어제 동생이 다시 돌아왔다. 병원에 세 달쯤 있으라고 했는데 다른 동생을 시켜 데려오라고 했다. 모든 일을 부지런히 챙기고 말하는 태도도 달라졌다. 주말에는 어머니를 부탁하고 내 일을 할 수 있을 것 같다. 일단 오늘은 일을 최대한 마무리해 놓고 내

일은 북한산에 오를 생각이다.

이제 내가 지난 16년간 일해서 만들어 놓은 '기득권'은 완전히 내려놓고 새로운 일을 해 보고 싶다. 그것은 모두가 책을 읽어 스스로의 가능성을 열어 가는 세상을 만드는 일이다. 이제 그런 일을 해야만 하는 시대가 되었다. 대부분의 대학이 완전히 몰락해 아무것도 할 수 없는 세상, 기술 발달로 패러다임이 완전히 달라진 세상이니 말이다.

인공지능 애인

| 2014. 08. 28 |

어제 늦게까지 책을 읽고도 새벽부터 일어나 설치는 바람에 피곤했다. 블로그 글까지 올리고 아침밥을 먹는 바람에 어머니와 나는 9시가 지나서야 아침을 먹을 수 있었다. 어머니에게는 죄송한 일이지만 어머니는 내가 바빠 보일 때는 아예 근처에도 오시지 않는다. 늦게 출근하는데 직원이 좌담 원고 수정본을 보내 달라고 독촉했다. 사무실로 가서 바로 원고를 읽어 보기 시작했는데 200자 원고지로 200매나 되어 1시 30분에야 끝났다. 그러자 한 방송사에서 인터뷰를 따러 왔다. 또 30분이 지났다. 오후 2시가 지나서야 삼각 김밥 등으로 겨우 점심을 때웠다.

밥을 먹고는 다운받아 놓았던 영화 '그녀(Her)'를 보았다. 테오도르'(호아킨 피닉스)는 다른 사람들의 손편지를 대신 써 주는 대필 작가이다. 아내와는 별거 중이다. 그때 그에게 나타난 여인이 인공지능 운영체제(OS)인 사만다이다. 사만다는 형체는 없고 목소리로만 존재한다. 두 사람을 연결하는 것은 휴대전화이다. 그걸 니콜라스 카는 '유리감옥'이라고 했지만 정작 테오도르는 행복감을 느낀다. 그러나 인공지능 운영체제인 사만다는 테오도르하고만 만나는 것이 아니다. 8,316명과 마음을 나누고, 그중에서도 641명과 사랑의 감정을 느낀다.

"나는 자기 거면서 자기 게 아니야."

사만다의 대사에 인공지능 애인이라도 구하려는 마음이 싹 달아났다.

기분은 벌써 연말

| 2014. 08. 31 |

주말 동안 어머니하고만 지냈다. 씨알이 큰 굴비를 구워 살을 발라 놓으니 어머니가 하나도 남기지 않으신다. 이렇게 이기적으로라도 잘 드시니 속으로는 흐뭇했다. 그렇다고 매일 붙어서 어머니하고만 지낼 수는 없는 일. 주말이나마 잘하자고 마음먹지만 그마저도 여의치 않다. 하여튼 주말에는 그런대로 효도를 한 셈이다.

오늘 어머니와 점심을 같이 먹고 오후에 오피스텔로 나왔다. 저녁에는 동생이 올라온다고 했기 때문이다. 오피스텔로 나온 것은 연재 원고 두 개를 쓰기 위해서이다. 회의가 있는 월요일은 늘 바쁘고 더구나 내일 저녁에는 인천의 한 고등학교에서 강연이 있다. 그러니 무조건 오늘 끝내야 했다. 다행히 책은 읽어 놓았기에 마음이 편했다.

원고 하나를 끝내 놓고 배 하나로 저녁을 때우고, 다시 원고 하나를 썼다. 글을 쓰기 전에는 잔뜩 딴짓만 했다. 벌써 10시다. 이제 집으로 돌아가야 한다. 한 달간 술을 마시지 않았더니 코를 골지 않는단다. 잠을 깊게 자거나 편하게 자니 머리가 맑아진다.

소화도 잘 되고 몸도 많이 좋아진 것 같다.

벌써 9월이다. 추석을 보내고 나면 9월도 얼마 남지 않는다. 연말 기획을 하고 새해 예상도 해야 한다. 운이 좋아서인지 올해 내가 예상한 트렌드는 맞아떨어졌다. 내년의 예상은 좀 더 치밀하면서도 세세하게 해 보고 싶다. 예상만 하지 않고 팩트를 내놓아야 할 텐데 언젠가는 그럴 날이 있을 것이다. 하여튼 이런 말을 하니 벌써 연말이 다 된 것 같다.

독서모델학교

| 2014. 09. 05 |

명절 때는 늘 쓸쓸하다. 돌아가신 아버지가 떠오르고 외국에 나가 있는 두 딸도 생각난다. 잘 챙겨 주지 못한 직원들에게는 언제나 미안할 뿐이다. 작년이나 올해나 추석에 임박해서 신간을 펴냈는데 역시나 쉽지 않다. 물론 작년에는 추석이 지나고 나서 바로 중쇄에 들어가긴 했다. 해마다 쓸쓸함 때문에 술자리를 만들곤 했는데 오늘은 일찍 귀가해 조용히 혼자 지냈다.

세상 사람들은 억울한 일이 있으면 내게 소식을 많이 전한다. 그러나 그것을 그대로 전달하지는 못한다. 확인해 볼 것도 많고, 바빠서 놓치는 것도 있다. 그게 지금은 엄청난 데이터베이스가 된 것 같다. 하지만 그걸 세상에 모두 알릴 필요는 없고 그럴 생각도 없다. 종종 그런 일을 통해 믿었던 사람을 잃게 되는 경우도 있었다.

〈기획회의〉 375호가 그제 나왔다. 아마 정기구독자들에게는 오늘 도착했을 것이다. 특집인 '독서모델학교 좌담'을 읽어 본 이가 소식을 전해 왔다. 이 좌담은 두 시간가량 진행된 것이다. 우리 사회 교육의 모순이 무엇인지를 밝혀 낸 뒤 대안을 마련하기 위한 자리였다. '독서모델학교'는 화두일 뿐이다.

김대중 정부 이래 교육은 언제나 역주행을 했다. 제대로 된 적이 한 번도 없다. 물론 이명박 정부의 과도한 역주행보다 박근혜 정부가 더 심하다. 지난 선거에서 진보교육감이 대거 당선된 것은 모든 국민이 이 같은 역주행에 실망했기 때문에 가능한 일이었을 것이다. 자식의 교육 문제에 대해서는 누구나 진보적일 수밖에 없다.

긴 추석 연휴 기간 동안 하루라도 시간을 내서 〈기획회의〉 375호 특집인 "독서모델학교는 매우 세련된 협치 모델"을 읽어 보기를 바란다.

자신만의 앵글로

| 2014. 09. 09 |

추석 전날에 올라왔던 동생들은 차례를 지내고 나서 음복 겸 아침을 먹자마자 대부분 내려갔다. 한 동생네만 남아 점심을 함께 해줬다. 그런데 많이 한 밥이 마음에 들지 않았는지 어머니는 밥이 딱딱해 먹지 못하겠다고 계속 불만이셨다. 그렇다고 며느리들에게 대놓고 말씀하지는 않으셨지만 밥을 먹지 않겠다는 것을 내가 억지로 달래서 드시게 했다.

어제 저녁과 오늘 아침 어머니가 한 밥은 역시 달랐다. 물을 어떻게 조절하셨는지 입에 들어가자마자 녹아들었다. 둘만 남아서 먹어 보니 알게 됐다. 이가 좋지 않으시니 밥이라도 잘 드셔야 한다. 평소에 스스로 밥의 양과 물을 잘 조절하셨기 때문에 단 한 번이라도 잘못 되면 참지 못하셨다는 걸 알게 됐다. 그리고 밥을 소중하게 생각하시는 마음도 알게 됐다. 앞으로 쌀은 무조건 최상품으로 구입해야겠다.

어머니뿐만이 아니라 세상의 모든 사람이 그렇지 않을까? 자신이 잘할 수 있는 일, 자신만이 바라볼 수 있는 앵글을 통해 이

세상을 바라보지 않을까? 물론 나만이 아니라 타인의 장점이나 이기성도 존중해 주어야 마땅하다. 어머니처럼 자신이 할 수 있는 일이 극도로 축소된 경우에는 더욱 그렇다. 남에게는 작고 사소하게 비칠지 모르는 어떤 일에 누군가는 목숨처럼 의지할 수도 있다. 아마도 민심이 그렇지 않을까?

누군가의 단 한 사람

| 2014. 09. 25 |

어제 회의를 하면서 직원들이 걱정하는 가운데 35도의 중국술을 석 잔 정도 마셨다. 스트레스가 확 풀리는 것 같았다. 찻집에 가서 이야기를 나누고 오피스텔로 와서 책을 읽었다. 11시 40분쯤 귀가를 서둘렀다. 집에서 다시 인터넷을 뒤지다가 블로그 글을 쓰고 새벽 2시쯤 잠들었다. 깨어 보니 5시 30분. 몸이 정말 개운했다. 한 신문사에서 보낸 설문(생각보다 답변이 어려웠다)의 답변을 쓰고 어머니와 아침을 먹었다. 다시 29일에 있을 심포지엄의 토론문을 작성해서 바로 송고했다. 원고 두 개를 끝낸 셈이다.

막 컴퓨터 앞에서 일어서려는 순간 어머니가 내게 다가오셨다.

"니 오늘 월급날이라 바쁘제?"

무엇보다 월급날에 자식이 힘겨워한다는 것을 기억해 주신 것이 참 고마웠다. 그러다 순간 머릿속에 어머니가 무슨 말씀을 하고 싶으신지 번득 떠올랐다.

"엄마 혈압 약이 떨어졌죠? 몇 봉지 남았어요?"

"한 봉지 남았다. 오늘 먹을 것이 있으니 오늘 바쁘면 내일 타다 주면 된다."

"내가 아무리 바빠도 엄마 약부터 챙겨야지요. 걱정하지 마세요. 오늘 바로 병원에 갔다 올 게요."

어머니와 대화를 끝낼 무렵 친구로부터 문자가 왔다. 1,500만 원을 송금했다고 했다. 요즘 출판사들이 어려워 광고비 수금도 잘 되지 않고 책 매출도 시원찮아 오늘을 넘기려면 돈이 모자랄 것 같아 미리 부탁해 두었다. 언제나 내가 부탁하면 "문제없다!"는 말만 내뱉는 친구. 그 친구가 없었으면 나는 벌써 두 회사 문을 닫았을 것이다.

병원에 가서 약을 타고 오피스텔로 바로 왔다. 인터넷뱅킹으로 한 출판사에서 밀린 광고비를 보내 준 것을 확인했다. 게다가 직원이 도매상에서도 생각보다 많이 수금을 해 왔다. 조금만 보태면 친구의 빚을 바로 갚을 수 있을 것 같았다.

점심에는 요즘 일이 풀리지 않아 고민하는 두 직원과 점심을 먹었다. 그리고 근처 찻집에 들어가니 출판인 두 분이 있었다. 최근 성추행 사태에 대한 전말을 들었다. 요즘 출판인들이 만나면 오로지 그 이야기만 하는 모양이다. 내가 생각했던 것보다 사태는 심각해 보였다. 나는 이렇게 말했다.

"그 사건이 심각한 것은 맞는 것 같다. 그렇지만 문화체육관광부 직원들이 출판단체가 모여서 성추행 자정 결의를 하라고 하는 것은 너무 오버하는 것 아니냐! 출판인들이 하지 않을 것이니 출판문화산업진흥원 직원들이라도 모여서 피켓 들고 결의 대회를 하라고 했다는데 그건 너무 출판계를 조롱하는 것 아니냐! 어쩌다 우리 출판계가 이렇게 됐냐!"

오후에 두 회사의 회계 담당자들과 지불에 대한 논의를 끝냈다. 임금, 원고료, 제작비 등 모든 비용을 오늘 모두 지불한다. 돈은 이미 맞춰 놨으니 걱정이 없다. 그러나 은근히 부아가 난다. 언제까지 이렇게 살아야 하는가. 어떤 이가 여기저기서 나를 비판하는 글이 나오고 있다는 소식을 전해 줬다. 하지만 들어가 보고 싶지 않았다. 언젠가는 내 마음을 이해해 주겠지 하는 마음뿐이었다.

다시 사무실에 돌아와 황선미 선생의 『어느 날 구두에게 생긴 일』(비룡소)을 읽었다. 아버지가 돌아가시고 혼자서 죽집을 운영하시는 어머니와 단둘이 살고 있는 주경은 혜수와 미진의 강요로 명인의 구두 한 짝을 창밖으로 던진다. 이들은 모두 초등학교 4학년이다. 반장이자 모범생인 혜수는 은근히 주경을 괴롭힌다. 그런데 주경이 창밖으로 던진 명인의 구두는 아픈 사연이 있는 구두이다. 사소한 사건일 수도 있지만 명인에게는 평생 잊지 못할 사건이다. 황 작가는 '작가의 말' 마지막 부분에 이렇게 밝혔다.

"우리는 누구나 실수라는 걸 해요. 하찮은 사람과 괜찮은 사람의 차이는, 자신의 실수가 누군가를 불편하게 하지 않았는지 반성하는 태도에 달려 있을 거예요. 또한, 옳지 못한 경우를 당한 사람도 그것을 제대로 표현할 줄 알아야겠지요. 그럴 때 곁에 단 하나의 친구만 있어도 좋을 텐데요. 생각해 보자고요. 나는 누군 가의 단 한 사람이 될 수 있을지."

이 책은 최근의 사태에 대한 메시지를 담고 있는 것 같다. 나에게는 내가 어려울 때마다 무조건 나를 도와주는 친구가 있다. 그러나 나는 누군가의 단 한 사람이 되고 있는가? 어머니에게는 그럴지도 모르겠다. 어머니에게 하는 듯이 하면 연애를 잘할 수 있을 것이라고 누군가는 말했다. 하지만 나는 지금 어머니와 두 회사도 너무 버겁기만 하다.

6초 동안의 포옹

| 2014. 09. 26 |

영화 '비긴 어게인'에서 싱어송라이터인 '그레타'(키이라 나이틀리)는 남자친구 '데이브'(애덤 리바인)에게서 버림받은 후 가방을 들고 다른 친구 스티브(제임슨 코드)를 찾아간다. 상황을 파악한 스티브는 아무 말을 하지 않는다. 그저 그레타를 꼭 안아 준다. 나는 그 장면이 내내 기억에서 지워지지 않았다.

나는 아침에 출근할 때마다 하루 종일 혼자서 집을 지키실 어머니를 꼭 안아 드린다. 그리고 뺨에다 뽀뽀를 해 드리며 '사랑한다'고 말한다. 처음에는 거부하던 어머니가 지금은 자연스럽게 받아들이신다. 내가 헤어진 아내나 장기간 외국에 가 있는 딸들에게 진작 그랬다면 어땠을까? 우리 가정은 깨지지 않았을까?

『인생은, 단 한 번의 여행이다』(엘사 푼셋, 미래의창)는 제목에 이끌렸다. 책의 초반에서 저자가 소개하는 책들인 『먹고, 기도하고, 사랑하라』(솟을북)와 알버트 에스피노사의 책은 꼭 찾아서 읽어 보고 싶다. 행복 매뉴얼을 전하는 이 책의 저자는 '6초 동안의 포옹'을 권한다.

"다른 사람을 느끼고 다른 사람의 감정이나 문제 그리고 기쁨이 우리에게 와 닿도록 하기 위해서는 우리 자신에게 시간을 주어야 한다. 그리고 가능하다면 감각도 함께 활용해야 한다. 나는 다른 사람과 관계를 맺도록 도와줄 아주 손쉬운 몸짓 하나를 제안한다. 그것은 바로 포옹이다. 더 나아가 6초 이상 지속되는 포옹을 추천한다. 그래야 뇌에서 스트레스를 감소시키는 화학 작용이 확실하게 일어날 수 있다. 이때 사랑을 담은 진실된 마음으로 포옹해야 한다. 감정 없는 포옹은 하지 않는 것만 못하다. 포옹은 기분을 좋게 하고, 고독감을 덜어 주고, 두려움을 극복하게 도와준다. 게다가 노화를 늦추는 효과까지 있다. 집에서, 차에서, 거리에서, 친구와 함께 있거나 자녀와 함께 있을 때, 부모나 이웃과 함께 있을 때도 진심을 담은 포옹, 적어도 6초 이상 지속되는 포옹을 실천하라."

자정쯤에 집에 도착해 프랑스에 있는 작은딸과 소식을 나눴다. '사랑하는'으로 시작해 '사랑해'로 끝났다. 사람들이 만나자고 수없이 전화를 걸어온다. 하지만 거절하기가 바쁘다. 그러나 친구인 명연파가 이번 토요일에 파주시 파평면 두포리에 세운 평화를 주제로 한 도서관인 '평화를 품은 집'에서 여는 첫 공식 행사에는 가 보지 않을 수 없다.

현장에서 일할 때 삼총사처럼 지냈던 다른 친구가 운전을 해서 가기로 했다. 그런데 명 형이 어느 분을 함께 모시고 오라고 한 모양이다. 그래서 그 선생께 어제 오랜만에 전화를 드렸다. 선생은 이런저런 이야기를 하시다가 "〈학교도서관저널〉이 망하지 않고 5년 가까이 나오고 있는 것만으로 나는 한기호가 어떤 실수를 해도 모두 용서할 수 있어!"라고 말씀하셨다. 내가 오늘 우울한 것을 아시기라도 한 걸까?

어제 〈학교도서관저널〉 2014년 10월호가 나왔다. 통권 47권이다. 세 권만 더 펴내면 5년을 채운다. 참으로 아득한 세월이다. "인생은, 단 한 번의 여행"이라는 데 나는 왜 이리 힘들게 살까? 한 친구는 이제 잡지 하나는 포기하고 편안하게 살라고 권한다. 포기하는 김에 두 잡지를 포기하면 내 인생은 '고생 끝 행복 시작'일 텐데 그게 쉽지가 않다.

소소한 일상을 즐기고 싶다

| 2014. 09. 28 |

그제 금요일에 여러 사람이 함께 차를 마시다가 앞에 앉았던 이가 사진을 찍어 줬다. 그걸 다듬어서 보낸 준 것으로 '프로필 사진'을 교체했다. 컬러 시대에 흑백 사진이 오히려 분위기가 있었다. 사진을 찍어 준 이는 출판계에 '쓴소리'만 하지 말고 '소소한 일상'을 공유하라고 충고했다. 한기호도 "우리와 같은 사람"이란 걸 보여 달라고 했다. 그런 면에서 사진을 바꾼 것은 잘 한 것 같다.

인간적인 교감. 좋은 이야기다. 나도 그렇게 하고 싶다. "좋은 사람들과 차 마시고, 걷고, 사진 찍고, 여행하는 소소한 일상"을 즐기고 싶다. 그러나 그게 잘 안 된다. 어제 친구가 막 문을 연 '평화를 품은 집'의 첫 공식 행사에 다녀왔다. 1994년 르완다에서 벌어진 제노사이드, 100일 동안 100만 명이 목숨을 잃은 사건을 추념하는 행사였다. 100개의 촛불을 켜놓고 르완다 출신의 아지즈 므이제네즈 씨의 '되돌리고 싶은 시간'이라는 시 낭송도 들었다. "잊어버릴 수 있는 자의 사치/ 기억하는 자의 고통/ 둘 중 하나를 기억하라면 나는 기억하리"라는 시구가 가슴에 와 닿았다.

주변에 널린 게 밤이라 행사를 시작하기 전에 밤을 주웠다. 자잘한 게 아쉽기는 했지만 어머니 드리려고 줍다 보니 그래도 적잖이 주웠다. 그리고 오랜만에 좋은 사람들도 많이 만났다. 그러나 나는 점심을 먹고 그곳을 떠나야 했다. 주말에 칼럼을 써야 했고, 월요일에는 토론회에 참석해야 하고, 화요일에는 지방 강연이 있고, 수요일에는 또 칼럼을 써야 하고, 목요일에는 군부대 북콘서트에 참석해야 하고, 금요일에는 이원석 씨의 결혼식이 있다. 점심과 저녁 약속 일정도 거의 차 있고 월간지 연재 칼럼도 써야 한다. 〈기획회의〉에서 떠넘긴 원고도 해결해야 한다.

이게 사람 사는 것일까? '소소한 일상'을 갖기가 쉽지 않다. "나도 한기호와 친해지고 싶다"는 생각이 들 정도로 약간만 소소한 일상을 보여 주라는 것인데.

누군가와 함께 걸으며 코스모스나 가을 국화에 탄성을 내지르고 싶다. 그러나 일정을 소화하기도 쉽지 않다. 어머니를 모시는 주부의 역할, 두 회사의 경영자, 한기호 개인의 글 공장주 등의 역할을 하다 보니 죽지 않고 살아서 뛰어다니는 것만도 벅차다. 오히려 애인이 곁에 있는 것이 두렵다. 애인마저 모시려면 일정은 더욱 헝클어질 것이다.

찌개를 끓여 어머니와 아침을 먹으며 동생에게 부탁을 해 놓았다. 어쩌면 일 때문에 오늘은 귀가하지 못할지도 모르기 때문이다. 어제 들녘에 벼가 익어 가는 모습을 보았다. 그래서 오랜만에 만난 이들과 많은 이야기를 나누고 싶었지만 일에 대한 부담 때문에 쫓기듯 달아나야 했다. 아쉬웠다. 집으로 돌아오면서 정말 이렇게 살아야 하나 하는 자괴감에 조금은 서러웠다.

함께 밥 먹어 주는 사람

| 2014. 10. 27 |

17일부터 20일까지의 일본 출장, 뒤이은 분주함 때문에 몸이 많이 힘들었던 것 같다. 토요일마저 무리하다 보니 더욱 힘들었다. 토요일부터 어머니의 용태가 좋지 않았다. 낮에 외출했다가 들어오니 점심 식사를 하지 않았다고 하셨다. 사 들고 온 홍시를 3개 씻어 드리니 그건 잘 드셨다. 하지만 그걸 드시고 식사는 또 하지 않으려 하셨다. 설사마저 하시니 갑갑했다.

일요일에는 외출을 하기가 미안해 사무실에 가서 글을 써야 하는데 포기했다. 이러면 이번 주도 힘들어지지만 어쩌겠는가. 다행히 아침과 점심에 밥 한 그릇은 모두 비우신다. 몸이 편찮으신 것보다는 주말마저 혼자 밥 드시기가 싫으셨던 것은 아닐까 싶었다. "그저 함께 밥 먹어 주는 사람이 있는 게 행복이지!"라는 드라마 대사를 듣고 나도 모르게 눈물 흘렸던 것이 기억이 났다.

저녁 무렵에 동생이 왔다. 저녁으로 아구탕을 먹고 함께 당산역 근처의 목욕탕으로 갔다. 정말 오랜만이다. 찜질방에서 땀을 좀 뺐다. 얼마만의 목욕탕인가? 동생은 어머니의 용태가 중해지

나는 어머니와 산다
250

시면 평택으로 모시고 가서 자신이 책임지겠단다. 다른 형제들은 생활비만 대 달란다. 병원으로는 절대 모실 수 없다고 했는데 병원에서 어떻게 하는지 알기 때문이란다. 집으로 돌아오다가 최근에 새로 생긴 근처 찻집에서 커피를 한 잔 하자고 했다. 찜질방에서 이야기를 모두 했으니 별로 할 말도 없었다. 가을비가 조금씩 내리는 가운데 형제끼리 그저 차 한 잔 마시며 바깥바람을 쐬는 것이 참 좋았다.

동생이 아니었으면 나도 참 힘들었을 것이다. 마음이 착한 동생이 가끔 외로움을 크게 겪는 것이 문제다. 나도 처음에는 화를 냈다. 그러나 여러 번 같은 일을 겪으니 이해가 갔다. 비록 병원에 보낼 수밖에 없을지라도 절대로 동생에 대한 믿음을 저버리지는 않았다. 오죽하면 저럴까 하는 마음을 가지니 내가 편했다. 편한 마음으로 동생을 대하니 동생도 많이 좋아졌다.

어머니 때문에 밖에 오래 있을 수는 없어 바로 들어왔다. 모처럼 어머니와 '가족끼리 왜 그래' 드라마도 봤다. 유동근이 병원에 입원해 있는데 바쁜 자식들은 아무도 와 보지 않는다. 쓸쓸해 보인다. 내 모습 같다. 프랑스에서 자리를 잡아 버린 큰딸에 이어 작은딸마저 자리를 잡으면 언젠가 나는 혈혈단신이 될 것이다. 무연사(고독사)가 남 일이 아니다. 그러니 함께 어울리는 공동체라도 만들어 놓아야 한다. 독서모델학교가 제대로 되면 그건 저절로 해결된다.

하루의 휴식만으로도 몸이 많이 개운해졌다. 어느 분이 나보고 한 달에 3일 정도는 정말 아무 일도 하지 않고 조용히 지낼 필요가 있다고 하셨다. 책에서도 완전히 벗어나라는 말씀이다. 그럴수 있으면 얼마나 좋을까? 일을 줄여야 할 것이다. 하지만 해마다 연말에는 바쁘다. 한 해를 결산하는 것이 쉽지 않다. 〈기획회의〉에 주간이 오고 편집위원들이 열심히 일해 주어 올해는 좀 편할까 싶었는데 강연 요청이 작년보다 두 배 이상 늘어난 것 같다. 게다가 새로운 일도 저지르려 하고 있으니.

참, 휴대전화 충전기를 실수로 두고 와서 전화를 꺼두었더니 그것만으로도 마음이 편했다. 이참에 블로그니, 페이스북이니 하는 것을 모두 접어 버리면 한결 마음이 편해질 것 같기는 하다. 하지만 내가 정말 그럴 수 있을까?

"아버지가 갑자기 돌아가시고 이후 아무런 준비 없이
어머니를 모신 지도 어느덧 만 7년을 넘겼다.
내가 인생에서 가장 잘한 것 중의 하나는
어머니를 모시겠다고 한 일이다."

어머니를 모신 것은 나에게 가장 큰 행운

2014년 3월 말에 일본에 출장을 갔다가 서점 서가에서 『개호(介護)하는 아들의 시대』란 책을 발견했다. '개호'는 우리말로는 '간병', '돌봄'이라는 뜻이다. 나는 그 자리에서 서서 책 끝에 실린 우에노 치즈코의 「또 하나의 남성학」이란 해설부터 읽어 보았다. 그 해설에는 나로서는 매우 충격적인 이야기가 담겨 있었다.

"2000년대에 접어들어 고령자를 학대하는 가해자로 가장 많이 보고된 사람은 며느리가 아닌 아들이었다. 간병하는 아들의 수가 적다는 점을 고려하면 아들이 부모를 학대하는 가해자가 될 개연성은 상당히 높다. 일반적으로 학대 확률은 함께 있는 시간의 길이와 관계가 있다고 볼 수 있기 때문이다. (중략) 케어 매니

저가 보고하는 '처우 곤란 사례'에 해당하는 상당수의 사례가 이런 간병하는 아들에 의한 학대이다. 밥도 주지 않고 목욕도 시키지 않는 태만, 외부 지원자가 제공하는 간병이나 의료의 거부, 부모의 수입에 의존하는 연금 패러사이트('기생충'이라는 뜻으로 부모가 받는 연금에 기생해 사는 자식을 가리킴) 등 다양한 사례가 보고되고 있다. 실제로 어떤 일이 벌어지고 있는지 실상을 알 수 없는 것이 간병하는 아들의 현실인 것이다."

심지어 '간병하는 아들'이라면 부모를 학대하는 사람으로 인식되기도 해서 아들들이 동성·동세대의 친구들에게마저 간병한다는 사실을 숨긴다고 했다. 속으로 뜨끔했다. 나도 어머니를 학대한 것은 아닐까? 중요한 약속이 있는 날에 내가 끓인 찌개가 마음에 들지 않는다며 투정을 하는 어머니에게 큰소리를 친 일이나 화가 난다고 일부러 크게 소리를 내며 설거지를 했던 기억이 떠올랐다. 그럴 때 "니는 내가 불쌍하지도 않나!"라며 하소연하던 어머니의 안타까운 얼굴도 떠올랐다. 그럼에도 나는 뭐가 잘났다고 블로그에 주야장창 어머니 간병기를 써 온 것인가! 내 모습이 심히 부끄러웠다.

그리고 "'장남이니까 당연'하다고?"로 시작되는 「'다른 형제도 있는데 왜 내가'라는 생각」이라는 제목의 제3장은 다음의 글로 끝난다.

"대를 잇는 아들이 보이는 수용적 태도는 전통적 가족 제도의 논리에 따른 데서 오는 것만이 아니다. 아마도 그들은 다른 형제들이 간병 책임의 회피를 정당화하기 위해 이용하는 별도의 논리(호혜성 논리)를 자신에게 적용할 수 없었을 것이다. 호혜성이란 증여받은 사람이 상대에게 답례하면서 성립되는 관계를 말하며 간단히 '은혜를 갚는 것으로 성립된 관계'라 할 수 있다. 이 호혜성의 관점에서 보면 자식이 나이 든 부모를 간병하는 일은 지금까지 부모에게 받은 지원이나 보살핌에 대해 은혜를 갚기 위한 행동인 셈이다. (중략)

대를 잇는 아들은 전통적 가족 제도의 논리뿐 아니라 이 호혜성의 논리로도 그들의 간병 책임이 당연시된다. 그들은 모두 부모로부터의 재산 상속이라는 특별한 지원 때문에 간병 책임이 가장 막중하다. 그러니까 대를 잇는 아들에게는 형제에게 간병 분담을 요구할 만한 근거가 없다는 말이다.

하지만 재산을 물려받지 않은 장남이라면 이야기가 달라진다. 부모에게 보살핌이나 지원을 받았다는 점에서 명확한 차이가 없다. 은혜를 갚는다는 호혜성의 논리는 전통적 가족 제도의 논리가 아니라 인간관계에서 일반적으로 통용되는 '당연한 사람의 도리'이다. 가령 남동생이 간병 역할을 분담하지 않는다면 그것은 부모에게 받은 은혜를 갚으려 하지 않는다는 의미이고, 남동생은 인간의 기본적 도리조차 다하지 않는 것이 된다.

그래서 장남은 가족 규범을 뛰어넘는 인간의 당연한 도리라는 논리로 자신에게 간병 책임이 집중되는 상황에 이의를 제기하며 남동생에 대한 불만을 정당하게 털어놓을 수 있었던 것은 아닐까."

나는 부모님에게 물려받은 재산이 하나도 없다. 중학교는 극빈자 장학금으로 끝냈고, 고등학교 1학년 때 집을 나와서 지금까지 늘 먹고사는 문제는 스스로 해결해야 했다. 결혼 초기에는 번 돈을 모두 아버지에게 드렸다가 아내와 크게 다툰 적도 있었고, 동생들의 학비도 도와주어야만 했다. 내가 힘들어 하고 있음에도 아버지는 끊임없이 생활비의 분담을 요구하셨다.

아버지는 오로지 돈이 필요할 때에만 전화를 하셨다. 내가 집에 없을 때에는 아내가 그 전화를 받았는데 아내는 자주 전달 사고를 냈다. 나는 그 사실을 나중에야 알았다. 아내와의 결혼생활을 20년 만에 끝내게 된 가장 중요한 이유는 내가 이 문제를 슬기롭게 대처하지 못했기 때문이었다. 아버지의 칠순 잔치 중에 큰 가족싸움이 벌어지고 나서 나는 이후 3년 동안 부모님이 계시는 시골집에 내려가지 않았고, 아내와도 각방을 썼다. 그런 일 끝에 2002년 아내와 헤어졌고, 아버지는 2008년 12월에 돌아가셨고, 어머니는 2009년 봄에 내게 오셨다.

홀로 되신 어머니를 모시는 것에 대해서는 깊은 고민을 하지 않았다. 그저 그게 의무이겠거니 생각했다. 어렵게 사는 동생들에게 아무런 요구도 하지 않았다. 하지만 내 속마음까지 그럴까? 정말 힘들 때는 동생 중의 누구라도 "형이 그렇게 고생하는 데 이번 주말에는 내가 모실 테니 형은 여행이라도 잠시 다녀오지"라고 말하는 전화 한 통을 간절하게 기대하고 있었다.

이 책을 발견했을 때, 그보다 1년 전쯤 나보다 열 살쯤 아래인 언론인을 만났던 기억이 났다. 그는 첫 술잔을 따르자마자 내게 어머니를 모시는 노하우를 들려 달라고 했다. 싱글인 그는 어머니가 뇌졸중으로 쓰러지셨다가 90퍼센트쯤 회복되어 퇴원을 하시는데 자신과 살겠다고 하셔서 누님 근처로 이사까지 가서 모든 준비를 끝내 놓았다고 했다. 내가 블로그에 어머니 이야기를 자주 쓴 것을 아는 그는 내가 대단한 노하우를 알고 있는 것으로 여겼던 모양이었다.

그때 이야기를 나누다 보니 어머니와 살았던 날들이 주마등처럼 스쳐 지나갔다. 언젠가 한 교사가 70대 중반인 자신의 어머니가 한기호라는 이의 블로그에 들어가서 어머니와의 일상에 대해 쓴 글을 읽는 것이 가장 큰 즐거움이라고 말씀하시는 것을 듣고는 깜짝 놀랐다고 알려 온 적이 있었다. 한 출판계 선배는 블로그에 올린 어머니와 힘겹게 고투하는 나의 이야기를 읽고는 너는 정말 대단한 놈이라며 건강도 꼭 챙기라고 격려를 해 주시기도 했다.

나는 이런 문제를 본격적으로 다룰 필요가 있다는 생각이 들었다. 그래서 그때 이 책뿐만 아니라 저출산·고령화에 대한 책을 많이 골라서 사 왔다. 그리고 우리나라에서도 이 문제를 본격적으로 다뤄 볼 필요가 있다고 판단했다. 이런 일은 나의 문제가 아니라 모두의 문제이기에 본격적으로 연구할 필요가 있다고 보았다. 나는 귀국한 직후 〈한국일보〉 4월 21일자에 「일본, 죽음 준비하는 종활 확산… 초고령 사회 '위기를 기회로'」라는 칼럼을 발표했다. 좀 길기는 하지만 전체를 인용해 보자.

지난 3월말 일본 도쿄 신주쿠의 대형서점 기노쿠니야쇼텐. 경제주간지 〈도요게이자이(東洋經濟)〉의 지난해 10월 26일치를 판매대에서 발견했다. 주간지는 최신호가 서점 판매대를 독점하는 게 상식이다. 과월호는 기껏해야 한두 주 전의 것을 찾을 수 있는 정도다. 그런데 왜 나온 지 반년이나 된 주간지가 서점에 있는 걸까.

〈도요게이자이〉가 그때 다룬 '종활(終活)'이라는 특집기사 때문이다. 표지에는 제호의 4배 크기로 '종활'이라는 글자를 인쇄해 놨다. 일본에서는 구직(취업)활동을 줄여 '취활', 결혼활동을 '혼활'로 부른다. '종활'은 상속, 장례, 묘지, 인생 막바지의 의료 등 죽음을 준비하는 임종 활동을 뜻한다. 2009년 〈아사히신문〉에서 처음 쓴 '종활'이 지금 일본 사회에서 붐이다. 취직이나 결혼 못지않게 임종 준비를 중요하게 여기게 됐다는 사회 분위기를 반영한다.

마지막까지 활력 있게 살기

일본에서 2012년의 사망자는 약 126만 명. 사망자 수가 출생자 수를 최초로 넘어선 것은 2006년이다. 2040년에는 사망자 수가 출생자 수의 2.5배로 크게 늘어나고, 2060년에는 65세 인구 비중이 40%에 육박할 것으로 예상된다. 그러니 오래전부터 터부시되어 오던 죽음을 가까이 의식하는 사람이 늘어날 것은 당연할 터. 그래서 일본 서점가에는 죽음의 어두운 그림자가 짙게 깔려 있었다. 〈도요게이자이〉 최근호들도 '치매' '독신사회' '우울증' '간병' '인구감소' '70세까지 일하기' 등을 특집으로 다루었다. 이와 관련된 신간서적의 출간도 크게 늘어났다.

하지만 일본은 '종활'을 어둡게만 바라보고 있지 않다. 전위미술가이자 수필가인 아카세가와 겐페이는 『노인력』에서 노인의 건망증과 같은 망각의 힘이야말로 진정한 경쟁력이라고 말했다. 103세의 현역 의사 히노하라 시게아키가 『생활에 능숙함』에서 "나이듦이란 노쇠가 아니라 숙성되는 것"이라고 했다. 일본인들은 "인생의 마지막까지 자신을 잃지 않고 살아가기 위해 적극적으로 '종활'을 하자"고 이야기하고 있다.

예를 들어 법적인 효력이 없는 '엔딩노트'를 날마다 쓰는 것만 해도 그렇다. 자신에게 간병이 필요해졌을 때의 희망사항, 장례 절차나 장례식 참석자 명단, 자녀에게 전하고 싶은 이야기 등을 미리 노트에 정리해 두면 가족이나 주변 사람이 헤매지 않는다. 장례식 절차나 묘를 미리 결정해 두는 것도 핵가족화나 인간관계가 희박해지는 현실에서는 적극적인 삶의 의지로 읽힐 수 있다.

2015년부터 기초공제가 40% 축소되는 등 상속세가 크게 늘어나는 것도 '종활'에 대한 관심이 커지는 이유 중 하나이다. 죽음에 직면해 치열하게 손해와 이득을 따지는 것이 상속이다. 상속은 재산을 남기는 사람보다 받는 쪽이 관심이 클 수밖에 없다. 도심에 집을 가진 사람이라면 모두 과세대상이 되고 땅값이 높은 도쿄의 경우는 과세 비율이 8.8%나 된다니 누구나 미리 짚어둘 필요가 있을 것이다. 게다가 다툼이 일어나는 것은 부유층보다 5,000만 엔(5억원) 이하 유산을 물려받는 경우가 많다니 더더욱 그렇다.

종활 관심은 저출산 고령화 때문

종활의 관심이 폭증하는 배경에는 '저출산 고령화'가 자리잡고 있다. 〈도요게이자이〉 지난해 송년호는 특집 '2014 대전망 - 2030 미래예측' 첫 번째 키워드로 '고령화'를 꼽았다. 일본의 2030년 인구는 지금보다 1,000만 명이 줄어든 1억 1,000만 명이 되며 세 명 중 한 명이 65세 이상 노인이 된다. 이 특집은 고령화 사회로 가는 과정에서 일본이 맞닥뜨리는 두 가지 주요한 특징을 거론했다. 일본이 고령화의 '선두주자' 지위를 유지할 것이며 고령화가 일본만이 아닌 전세계의 현상이 됐다는 사실이다.

고령화는 좋지 않은 측면만 강조돼온 것이 사실이다. 생산연령인구에 비해 고령인구가 심각하게 증가하면 일하는 사람이 근로수입이 없는 고령자를 지탱하는 지금의 사회보장제도는 지속 불가능할 것이라는 우려가 컸다. 하지만 고령화의 선두주자인 일본이 급속한 고령화를 슬기롭게 잘 넘기기만 하면 그 경험을 세계에 수출하는 좋은 기회로 삼을 수 있을 것이다.

일본 지바현 가시와시에서 장수사회 마을만들기 연구를 하고 있는 도쿄대 고령사회종합연구기구의 아키야마 히로코 특임교수는 "고령화라면 치매나 간병을 필요로 하는 노인이 늘어난다는 이미지로 미디어는 떠들지만 실제로 느는 것은 건강하고 활기찬 고령자"라며 "20년 전의 70대와 지금의 70대는 신체·인지능력이 전혀 다른데 65세 이상을 보살핌 받는 사람이라고 말할 과학적 근거는 없다"고 말한다. 일본 후생노동성 통계에 따르면 2012년 일본인 평균수명은 남성이 79.94세, 여성이 86.41세였다. 남성은 세계 8위에서 5위로 올라섰고, 여성은 변함없이 세계 1위 자리를 지켰다. 후생성에 따르면 병에 걸려 일상생활을 할 수 없는 기간과 보살핌이 필요한 기간을 빼고 건강하게 생활할 수 있는 기간을 말하는 '건강수명'도 남성 70.42세, 여성 73.62세로 갈수록 늘고 있다.

'삶의 질'은 '사랑의 질' 노인섹스 주목

일본에서는 '안티에이징'이 주목 받으며 연애나 섹스가 '심신의 젊음, 힐링으로 이어진다'고 생각하는 사람이 늘었다고 한다. 경제력이 있는 단카이세대(1947~1949년생)의 정년퇴직이 시작되면서 60세 이상 노인들이 섹스에 관해 예전에 없던 높은 관심을 보이고 있는 경향도 생겨나고 있다.

일본 사회의 현안들을 간추려 소개한 『2014년 일본의 논점』에서 논픽션 작가 고바야시 데루유키는 이런 사례를 이야기한다. 관동지역에 살고 있는 74세 남성의 경우 아내와 사별한 뒤 노인복지담당자로부터 집에만 있지 말고 자원봉사를 하는 것이 어떠냐는 조언을 들었다. 자원봉사 현장에서 이혼 경력이 있는 30세연하의 여성 B씨와 알게 돼 문자를 주고받다가 친해져 1년 후 사랑고백을 하기에 이른다. 정식으로 교제를 시작한 지 4년째, 양쪽 집을 오가며 한 이불 속에서 서로의 온기를 나누며 살고 있다. 50, 60대 장년 남성에 끌리는 20, 30대 젊은 여성을 '카레센'(늙은 남성 전문이라는 뜻)이라고 부르는 사회현상이 유행하는 나라이니 '엔조이 에이징'을 외치며 이런 흐름을 긍정적으로 바라보는 시각도 등장하는 것 같다.

고바야시는 "현대의 노인은 전례가 없는 라이프스타일로 새로운 연애문화를 개척하고 있다"며 "'삶의 질(Quality of Life)'은 결국 '사랑의 질(Quality of Love)'이라는 것을 발견한 선구자"라고 말했다. 그는 "영어 약자로는 둘 다 'QOL'인 것이 우연은 아닌 것 같다"면서 "노인들의 사랑과 연애는 단순한 육체관계만이 아니라 무연사회가 사회문제가 되는 지금 사람과 사람을 잇는 '끈'이자 고독사를 예방하는 안전망"이라고 노인연애 예찬론을 펼쳤다.

간병 대란 우려 등 日 행보 타산지석

물론 '간병시대 대란'을 우려하는 시각이 없지 않다. 『2014년 일본의 논점』에서 고무로 요시에 워크라이프 대표는 "단카이세대가 만 60세로 일제히 정년퇴직을 한 것이 2007년. 2017년이면 이들이 70세가 된다. 사실 60대와 70대로 가는 사이에 간병을 필요로 하는 대상은 급증한다. 단카이세대가 일제히 간병을 기다리는 예비 집단인 까닭에 머잖아 일본은 간병 대란을 맞을 것"이라고 경고했다.

간병을 하는 단카이세대의 자녀(단카이주니어)들은 맞벌이 부부가 압도적으로 많을 뿐만 아니라 자녀를 낳는 연령도 늦어 육아와 간병이 동시에 찾아오기 때문에 일본 사회가 심각한 '간병 대란'을 피할 수 없다는 지적이다. 20대에 출산을 하던 시대라면 육아가 어느 정도 끝난 다음 간병을 하는데 30대에 출산을 하다 보니 육아와 간병 시기가 맞물려 심각한 문제에 직면할 것이라는 경고다.

국립사회보장인구문제연구소 자료에 따르면 한국의 2050년 65세 이상 인구 비율은 32.80%로 대만(35.69%) 일본(35.56%) 포르투갈(33.97%)에 이어 세계 4위 수준으로 저출산·고령화 경향이 심각하다. 우리도 고령화를 부정적으로만 바라보지 않고 새로운 도약의 기회로 삼으려는 노력을 아끼지 말아야 한다. '종활'을 둘러싼 일본의 행보가 타산지석이다.

2014년 12월 나는 한국 최초로 시니어출판 전문 브랜드인 '어른의시간'을 설립했다. 그리고 올해 4월에는 어른의시간, 나무생각, 서해문집, 이마 등과 연대해 '평생현역학교'라는 전문 블로그도 개설했다. '어른의시간' 첫 책으로『개호하는 아들의 시대』를『아들이 부모를 간병한다는 것』으로 제목을 바꾸어 2015년 2월 초에 펴냈다. 우에노 치즈코 선생은 "간병하는 아들은 블랙홀"이라고 했다. 이건 간병하는 아들의 문제를 사회학적 시각으로 바라볼 필요가 있다는 말이다. 간병하는 아들의 이야기는 내 이야기이자 우리 모두의 이야기다. 그것이 내가 이 책을 펴내기로 한 이유였다. 나는 펴낸 책을 동생들에게 한 권씩 나눠 주었다. 이후 동생들은 어머니에게 더욱 적극적인 애정을 보여 주고 있다.

어른의시간은 이후 "한 인간의 죽는 순간을 보는 것이야말로 그 사람의 진정한 모습을 제대로 평가할 수 있다"는 사실을 보여 주는『태산보다 무거운 죽음 새털보다 가벼운 죽음』(김영수)과 33인의 죽음과 애도의 이야기를 담은『당신은 가고 나는 여기』를 이어서 펴냈다. 그러니까 졸저『나는 어머니와 산다』는 '어른의시간'의 네 번째 책이다.

내가 인생에서 가장 잘한 것 중의 하나는 어머니를 모시겠다고 자원한 일이다. 덕분에 나는 사람을 사랑하는 법을 배웠다. 이제는 누구라도 사랑할 수 있을 것 같은 자신감이 생겼다. 그 이후 가족이나 직원들을 대할 때도 '힘든' 상대의 입장에서 생각해 보려는 습관을 가지려 노력했다. 덕분인지 모두들 대체로 나에게 잘 대해 줬다. 사람 사는 세상에 왜 문제가 없겠는가? 그러나 지금 나는 인간관계로 상처받는 일 없이 잘 살아가고 있다. 그래서 부끄러운 이야기지만 내 이야기를 책으로 펴낼 결심을 했다.

나는 '종활'을 나름대로 준비하기로 했다. 먼저 최대한 빠른 시간에 도서관을 만들어 내가 가지고 있는 책들을 모두 기증할 생각이다. 내 생각에 동의하는 사람들도 하나둘 나타나고 있다. 열 사람이 3만 권씩만 기증하면 모두 30만 권이 된다. 죽기 전에 미리 많은 이들과 함께 향유하다가 내가 죽으면 나만 조용히 사라지면 될 일이다. 나는 그 도서관 옆에 청소년들에게 책읽기의 중요성을 알려 주고 스스로 자기만의 지식을 만들어 가는 능력을 키워 주는 '독서모델학교'를 설립할 계획이다. 나는 그 학교의 수위로 지내는 것이 꿈이다.

내가 운영하는 회사들은 사회단체나 직원들이 운영 주체가 되는 회사로 만들 생각이다. 이미 직원들에게 이런 계획을 말해 두었다. 노후를 힘겹게 살아가는 어머니를 지켜보면서 한 사람의 인생이 별 것 아니라 판단했기에 나는 과감하게 이런 결정을 내릴 수 있었다. 마지막으로 내 블로그에 올린 글들을 발췌해 책으로 펴낼 권유를 해 준 '어른의시간'의 오선이 편집장에게 정말 고맙다는 말을 전하고자 한다.

2015년 6월

한기호

『유배중인 나의 왕』

아르노 가이거 지음 | 김인순 옮김 | 문학동네

오스트리아 작가인 아르노 가이거가 오랫동안 알츠하이머병으로 고통받는 아버지에 대해 쓴 자전적인 이야기로, 지난 삶의 기억은 물론 개인의 인격과 일상생활을 해나가는 능력마저 서서히 잃어 가는 알츠하이머 환자인 아버지를 애틋한 시선으로 지켜보며 함께하는 나날을 담담하게 기록하고 있다.

『시인과 스님, 삶을 말하다』

도법, 김용택, 정용선 지음 | 메디치미디어

김용택 시인과 도법 스님이 육성으로 들려주는 문학적, 사상적 자서전. 이 책은 자신을 낳아준 자연을 닮고 길러준 어머니를 닮고 가르친 아이들을 닮고 싶어 하는 한 시인과, 오로지 부처를 따라 살며 부처가 되겠다는 신념과 의지로 살아온 한 스님의 이야기다. 김용택 문학세계의 원천과 궤적이, 그리고 60여 년 동안 정진해온 도법 스님 사유의 총화가 담겨 있다.

『노인수발에는 교과서가 없다』

하나리 사치코 지음 | 최태자, 심명숙 옮김 | 창해

일본 최고의 수발 전문가가 들려주는 노인수발 이야기. 사회가 고령화되고, 급격하게 노인 인구가 늘어감에도 우리는 본격적으로 '노인수발'에 대해 논하지 않는다. 저자는 어떻게 노인들을 행복하게 수발하고 옆을 지킬 수 있는지 구체적인 사례를 제시한다. 또 삶과 죽음에 대한 깊이 있는 통찰을 통해 노인수발의 질적 문제를 다루고 있다.

『바람이 사는 껍데기집』

황선미 지음 | 사계절

『마당을 나온 암탉』의 작가 황선미의 첫 청소년소설. 작가의 자전적 이
야기가 고스란히 담겨 있는 작품으로, 1970년대 중반, 경기도 평택의
작은 마을이 배경이다. 열한 살 소녀의 눈에 비친 시대상과 그 시대를
헤쳐 나가는 한 가족의 이야기를 담고 있다.

『아흔 개의 봄』

김기협 지음 | 서해문집

『밖에서 본 한국사』, 『뉴라이트 비판』으로 알려진 역사학자 김기협이
아흔의 치매 노모를 간병하며 쓴 일기를 엮었다. 역사학자 故김성칠
선생(부친)과 이화여대 국문과 교수 이남덕 선생(모친)의 셋째 아들
김기협은 2년여 동안 어머니를 간병하며 세심한 관찰과 성찰로 인간
과 삶에 대해 사유한다.

『우리는 모두 사랑을 모르는 남자와 산다』

김윤덕 지음 | 푸른숲

엄마와 아내라는 이름으로 아이와 남편 뒷바라지를 하며 아등바등 살
다가 어느 순간 덜컥, 자신의 인생은 어디로 간 걸까, 반문하는 이 시대
여성들에게 활력과 위안, 격려를 쏟아붓는 한 편의 씩씩한 응원가다.
책의 모태가 된 칼럼 '줌마병법'은 2007년 3월부터 〈조선일보〉에 2년
4개월간 장기 연재되었다.

『엄마 살아계실 때 함께 할 것들』

신현림 지음 | 흐름출판

시인이자 사진작가로 왕성한 활동을 하고 있는 작가 신현림의 에세이.
엄마를 잃고 나서 3년, 길을 가다가도 문득 엄마가 그리워 명치끝이 아
파왔다는 작가가 사는 동안 엄마에게 미루지 말아야 할 것들을 서른
가지로 압축해 전한다. 작가의 자전적 이야기와 함께 작가 주변의 이
야기들이 담겨 있다.

『오늘 내가 사는 게 재미있는 이유』

김혜남 지음 | 갤리온

대한민국 서른 살들의 마음을 다독인 『서른 살이 심리학에게 묻다』를 포함해 다섯 권의 책을 펴낸 심리학자 김혜남이 7년 만에 펴낸 신작이다. 책은 30년간 정신과 의사로 일하고, 15년간 파킨슨병을 앓으며 비로소 깨달은 삶의 비밀에 관한 기록이다.

『경찰은 그들을 사람으로 보지 않았다』

이시영 지음 | 창비

끊임없는 시적 갱신을 통해 치열한 시정신과 문학적 열정을 보여주고 있는 이시영 시인의 열두 번째 시집. 5년 만의 신작 시집에서 시인은 간명한 언어에 담긴 여백의 미가 돋보이는 밀도 높은 단형 서정시, 삶의 애잔한 풍경 속에 서정과 서사가 어우러진 산문시, 인용시 등 다양한 형식을 선보이며 개성적인 시세계를 펼쳐 보인다.

『욕망해도 괜찮아』

김두식 지음 | 창비

『불편해도 괜찮아』, 『헌법의 풍경』, 『불멸의 신성가족』, 『교회 속의 세상, 세상 속의 교회』 등을 통해 사회 곳곳의 문제를 종횡무진 파헤쳐온 김두식 교수의 신간이다. 청춘에게는 희망을, 중년에게는 공감을 선사하는 단비 같은 이야기로 구성되어 있다. 평생 욕망을 억누르고 규범의 세계에서 살아온 저자는 자신의 삶을 돌아보며 욕망의 건강한 고백을 시도한다.

『잘 가요 엄마』

김주영 지음 | 문학동네

『홍어』, 『객주』 등으로 유명한 작가 김주영이 등단 41년 만에 처음 부르는 사모곡이자, 그 내밀한 고백이다. 노년에 접어든 작가가 등단 이후 처음으로, 누구나 가슴 한구석에 품고 살아가는 '엄마'라는 이름을 소리 내어 부른다.

『엄마도 힘들어』
문경보 지음 | 메디치미디어

자녀를 향한 짝사랑을 앓고 있는 이 땅의 엄마들에게 저자가 따뜻한 격려를 전하는 책이다. 대화가 끊기고 관계가 서먹해지고, 아이만 생각하면 가슴이 답답하고, 사소한 일로 티격태격하는 일이 잦아지는 십대들의 엄마에게 19편의 상담 사례를 들려주며 자녀와의 엇갈리는 마음을 짚어주고 갈등을 해소시켜주고 있다.

『엄마는 어쩌면 그렇게』
이충걸 지음 | 예담

10년 전 저자가 펴낸 『어느 날 엄마에 관해 쓰기 시작했다』로부터 시작된 이 책은 그 후 10년간의 이야기를 오롯이 담고 있다. 엄마의 이야기가 여전히 전개되고 있음을 나타내는 중간의 쉼표와도 같은 것으로 어머니라는 우주를 조촐하게 기록한 아들의 글을 만나볼 수 있다.

『남편의 서가』
신순옥 지음 | 북바이북

〈기획회의〉에 2012년 1월 20일부터 2013년 4월 20일까지 연재한 '남편의 서가'를 모아 엮은 책으로 출판평론가 최성일의 아내인 저자가 남편이 떠난 6개월 뒤부터 1년 반 동안 쓴 글이다. 출판평론가 남편을 둔 아내가 그와 함께 살면서 겪은 일상과 남편을 떠나보낸 후의 상실감을 적어 내려간 글들이 오롯이 담겨 있다.

『엄마 에필로그』
심재명 지음 | 마음산책

명필름의 대표로 지금까지 33편의 영화를 제작해온 저자가 한 사람의 딸이자 엄마, 아내로서 자신을 이야기하기 위해 빼놓을 수 없는 엄마의 이야기를 들려준다. 루게릭병으로 세상을 떠난 엄마에 대한 기억을 기록한 책이다. 엄마 자신의 에필로그이자 그 딸이 쓰는 에필로그로, 엄마가 떠난 자리의 상실감을 채우고 있다.

『더 빨강』

김선희 지음 | 사계절

제11회 사계절문학대상 대상을 수상한 작품이다. 인간 본연의 고독, 사랑, 욕망에 대해 솔직하게 다룬 청소년소설로 청소년들의 생생한 목소리를 들려준다. 꽉 막힌 인생의 돌파구를 찾아 나선 열여덟 살의 대한민국 청소년 길동의 이야기를 통해 삶을 대신할 가짜는 세상 어디에도 없다는 깨달음을 전한다.

『고맙습니다, 아버지』

신현락 지음 | 지식의숲

단단한 시어로 '깊이 있는 허무'를 담은 시를 써 온 신현락 시인의 사부곡. 시인은 아버지가 된 것을, 아무리 외롭고 힘들어도 아버지 자리를 버리지 않고 지켜 준 것의 위대함을 말하며, 이 땅의 아버지들에게 나중에 자식들에게 어떤 아버지의 모습으로 기억될 것인가에 대해 진지하게 생각해 보게 한다.

『페코로스, 어머니 만나러 갑니다』

오카노 유이치 지음 | 양윤옥 옮김 | 라이팅하우스

낙향한 무명 만화가 페코로스. 페코로스는 '작은 양파'라는 뜻으로 대머리인 저자 오카노 유이치의 별명이다. 이 책은 환갑을 넘긴 대머리 아들이 치매 어머니를 돌보는 일상을 사랑스러우면서도 유머러스한 터치로 섬세하게 그려냈다.

『남자를 위하여』

김형경 지음 | 창비

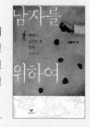

인간의 심리를 섬세하고 감성적으로 포착해온 소설가이자 심리 에세이스트인 김형경의 신작으로, 이번에는 남자의 마음을 들여다본다. 일상에서 어쩔 수 없이 맞닥뜨려야 하는 남자들의 속내는 과연 무엇인지, 다양한 사례와 신화, 소설을 통해 내밀하면서도 찌질하고, 슬프면서도 아픈 이야기를 함께 듣는다.

『사진관집 이층』

신경림 지음 | 창비

우리시대 문단의 원로 신경림 시인의 신작 시집. 그는 이 책에서 한평생 가난한 삶들에서 우러나오는 이야기들을 소박하게 읊조리며 인생에 대한 깨달음을 건네는 맑고 순수하고 단순한 시편들을 선보인다. 지나온 한평생을 곱씹으며 낮고 편안한 서정적 어조로 삶의 지혜와 철학을 들려준다.

『어머니의 뒷모습』

김부조 지음 | 박물관

제3회 백교문학상을 수상한 김부조 시인의 두번째 시집. 첫 시집 『그리운 것은 아름답다』에 이어 출간된 제2시집으로 시인이 오랜 세월 고뇌하며 삶에서 터득한 가슴 절절한 시어들이 70편의 시 속에 생생히 살아 숨쉬고 있다.

『누구』

아사이 료 지음 | 권남희 옮김 | 은행나무

최연소 나오키상 수상으로 화제에 오른 이 작품은 졸업을 앞두고 취업에 매진하는 대학생들의 고민과 혼돈을 생생하게 그려내 동세대의 독자들에게 절대적인 공감과 호평을 얻었다. 스물셋의 저자가 입사한 후 약 3개월에 걸쳐 쓴 작품으로 대학 졸업반의 다섯 친구가 벌이는 취업활동 이야기와 SNS를 통한 그들의 현실을 보여준다.

『품위있게 평화롭게, 세상과 이별하는 방법』

모리츠 준코 지음 | 최경순 옮김 | 창해

5천여 명의 죽음을 지켜본 호스피스 의사 모리츠 준코가 보내는 조언을 담은 책이다. 이 책은 행복하게 죽지 못할 대표적인 유형이었던 저자가 수많은 사람들의 '죽음'을 통해 배운 '반드시 행복하게 죽기 위한 마지막 방법론'이자 '반드시 행복하게 살 수 있는 궁극의 방법론'을 담은 책이다.

『두려움에게 인사하는 법』

김이윤 지음 | 창비

제5회 창비청소년문학상을 수상한 김이윤의 장편소설. 상실을 겪으며 더욱 단단하게 성장하는 여고생의 이야기를 그리고 있다. 페미니스트 사진작가인 엄마와 단둘이 살아온 고등학교 2학년 여여. 엄마가 말기 암에 걸렸다는 사실을 알게 되면서 여여의 삶은 흔들리기 시작한다.

『단속사회』

엄기호 지음 | 창비

『이것은 왜 청춘이 아니란 말인가』 등으로 한국사회 청년담론을 주도해온 인문학자 엄기호가 '단속'이란 개념을 주제로 청년담론을 넘어 한국사회의 새로운 패러다임을 제시하고 있다. 저자는 '쉴 새 없이 접속하고 끊임없이 차단하는' 단속의 양상을 주목하고 10여 년간 연구를 통해 우리는 언제 누구와 접속하며 단절하는지 사례를 수집하며 차근차근 풀어낸다.

『말하자면 좋은 사람』

정이현 지음 | 마음산책

도시 생활자의 삶과 고민을 감각적이고 날렵한 필치로 그려내는 작가 정이현의 짧은 소설을 한 권에 담았다. 단편보다도 짧은, 그래서 어디서나 부담 없이 읽기 편하되 압축적이고 밀도 있는 글쓰기를 보여주는 짧은 소설은 거듭 곱씹을 만한 이야기들이다.

『투명인간』

성석제 지음 | 창비

우리 시대 최고의 이야기꾼 성석제가 2년 만의 펴낸 새 장편소설. 성석제가 천의무봉의 솜씨로 펼쳐놓는, 눈물겹게 아름다운 한 인간의 이야기. 누구도 주목하지 않았지만 묵묵히 우리 곁을 지켜온 그의 일생이 우리가 잊고 있던 주변의 누군가를 돌아보게 하고, 굴곡의 역사 가운데 던져진 개인의 운명을 생각하게 한다.

『잘못은 우리 별에 있어』
존 그린 지음 | 김지원 옮김 | 북폴리오

미국의 대표적인 젊은 스타 작가 존 그린의 소설. 말기 암환자인 16세 소녀 헤이즐과 골육종을 앓고 있는 어거스터스가 만나 보편적인 질문에 관한 답을 풀어간다. 반짝이는 유머와 아련한 눈물이 어우러진 이 작품은 삶과 죽음의 의미, 일생일대의 사랑에 대해 이야기한다.

『사랑에 난폭』
요시다 슈이치 지음 | 권남희 옮김 | 은행나무

일본 중견 작가 요시다 슈이치의 신작 장편소설. 이 책은 부부관계, 사랑, 결혼, 집이란 과연 어떤 의미인지에 관해 질문을 던지는 작품이다. '불륜'이라는 통속적인 소재를 다루고 있지만, 작가 특유의 섬세하고 감각적인 문장, 묘한 긴장감과 미스터리한 분위기, 스미듯 공감을 자아내는 이야기가 세련되고 절묘한 조화를 이루고 있다.

『어느 날 구두에게 생긴 일』
황선미 지음 | 신지수 그림 | 비룡소

황선미 작가가 들려주는 '구두 한 짝'에 담긴 비밀 이야기. 작가는 피해자에서 가해자가 되어 버린 주경이의 모습을 통해 누군가 그저 장난으로 저지른 일이 어떻게 파문을 일으키는지 보여 준다. 그리고 그러한 문제를 아이들 스스로 풀어 나가는 모습을 보여 주며 작은 화해와 이해의 손짓에서 비롯된 용기가 발휘하는 성장의 힘을 느끼게 한다.

『인생은, 단 한 번의 여행이다』
엘사 푼셋 지음 | 성초림 옮김 | 미래의창

스페인의 오프라 윈프리, 엘사 푼셋이 우리에게 일종의 감정 일기 예보에 근거해 만든 인생의 항해 원칙을 공개한다. 우리를 둘러싼 풀리지 않는 문제와 감정을 더 쉽게 이해하고, 서로 소통하는 효율적인 방법을 제시하며, 인간관계와 사회생활에서 보다 독립적이고 행복한 인생을 살아가기 위한 49가지 특급 노하우를 전해준다.